ここは俺に任せて先に行けと言ってから10年がたったら伝説になっていた。4

Koko ha ore ni makasete saki ni ike to ittekara jyunen ga tattara densetsu ni natteita.

えぞぎんぎつね

イラスト：DeeCHA

はじめまして。水竜の王太女リーアです。
あなたがラックさまですか？
リーア
先代を不慮の事故で亡くした水竜の王太女の少女。ラックのことを尊敬している。

お会いできて光栄です!!
王太女殿下、こちらこそよろしく。

すごく気持ちいいです…
角は汚れやすいから念入りに洗うのである！
ふぅ…

そうでありますな〜！
いいお湯ね？
ひゃはっ★
♪〜
ラック邸の浴場は広い。思い思いに楽しみながら、
わいわい身体を洗っていく。

いいコンビネーションだ！
一気に倒しきってやるぜ!!

Guaaa!!
ケーテとリーアの支援を受けつつ、
渾身の一撃を叩き込む!!
破ァ!!

ここは俺に任せて先に行けと言ってから10年がたったら伝説になっていた。4

Koko ha ore ni makasete saki ni ike to ittekara
jyunen ga tattara densetsu ni natteita.

Contents

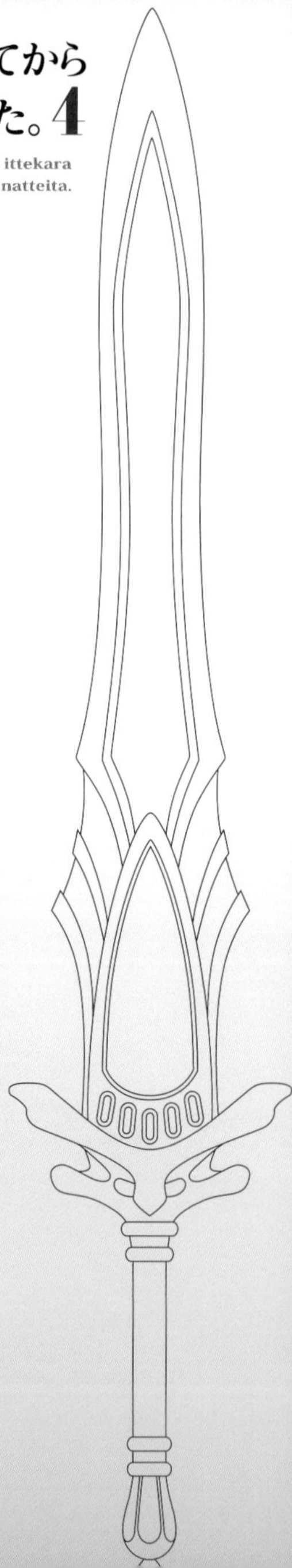

ここは俺に任せて先に行けと言ってから10年がたったら伝説になっていた。

Koko ha ore ni makasete saki ni ike to ittekara jyunen ga tattara densetsu ni natteita.

4

えぞぎんぎつね
ezogingitune

イラスト：DeeCHA

序

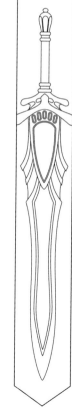

ケーテの宮殿を昏き者どもから取り戻した後、俺たちはその日のうちにとんぼ返りした。

とても速い風竜王のケーテが送ってくれたが、王都についた頃にはすでに夜明けごろ。

俺たちは、一晩中眠らずに戻って来たのだ。

とりあえず、疲れているはずのケーテは俺の屋敷で仮眠してから帰ることになった。

エリックとゴランは眠らずにそれぞれ王宮と自分の屋敷に戻っていった。

軽く寝て、すぐ仕事をするのだろう。頭が下がる。

そして、俺はガルヴと一緒に、昼まで寝ることにした。


だが、俺が目を覚ますと夕方になっていた。予定より長く眠ってしまった。

戦闘と移動で疲れていたのかもしれない。

俺とガルヴが居間に行くと、既にみなが揃っていた。

楽しそうにケーテが言う。

「人族の家にお泊まりしたのは初めてなのである」

「それはよかった。折角だし夜ご飯も食べていくといい」

「よいのか？」

「もちろんだ」

ケーテは嬉しそうだ。太い尻尾が上下に揺れる。

「ケーテさんは苦手な食べ物とかあるのかい？」

「苦手な食べ物……」

俺の徒弟であるミルカの問いに、ケーテは真剣な表情で考え込む。

ミルカは家事担当の徒弟なのだ。

「フィリーの読んだ文献には……。竜族は肉が好きと書いてあった」

俺の同居人にして、天才錬金術士のフィリーが真面目な顔で言う。

「なるほどー。フィリー先生、勉強になるんだぜ！」

ミルカはフィリーのことを先生と呼ぶのが好きなようだ。

フィリーは錬金術だけでなく、あらゆる学問に精通している天才だ。

それゆえ、俺の徒弟たち、ミルカ、ルッチラ、ニアの家庭教師をお願いしている。

「ああ、肉はうまいものが多いのである」

ケーテは初めて王都に来たとき、肉料理の屋台で無銭飲食していた。

肉料理が好きなのだろう。

「我が肉食であるのは間違いないのだ。普段はそこらの魔獣を捕まえて食べているのだぞ」

そんなことを言いながら、ケーテは狼のガルヴのお腹を撫でていた。

「くーん、きゅーん」

「ガルヴのことは食べないから安心するがよいぞ」

ガルヴはお腹を見せてケーテに媚(こ)びている。

一般的な狼と比べてとても大きいが、ガルヴはまだ子狼なのだ。

そして普通の魔獣よりはるかに格の高い霊獣でもある。

「ケーテさんは、肉以外には何が好きなんだい？」

「甘いお菓子(かし)も大好きであるぞ！」

「ケーテはたくさん食べるからな。かなり多めに頼む」

「わかった！」

台所に向かうミルカをニアとルッチラが追う。

「私もお手伝いします！」

「ぼくも手伝うよ」

「ありがたいぜ！」

ルッチラが台所に行ったことで、ゲルベルガさまが残った。

「ココッ」

一声鳴くと、トトトと走ってきて、俺のひざにぴょんと跳ぶ。

ゲルベルガさまは、白い羽と赤いとさかを持つ一般的なニワトリの外見をしている。

だが、その正体は神鶏(しんけい)さまだ。

霊獣などより格が高い。半神のようなもの。

ルッチラの一族の氏神様のような存在であり、鳴き声には特別な力がある。

「ゲルベルガさま、どうしたんだ？」

「ここ」

ゲルベルガさまは甘えるように、俺に体を押し付ける。

そんなゲルベルガさまを優しく撫でた。

「わふ」

「タマも撫でてほしいのか？」

「わふぅ」

フィリーの足元で寝ていたフィリーの愛犬タマも俺のところに寄ってきた。

俺はゲルベルガさまを左手で抱えながら、タマも撫でる。

タマは大型犬だが、ガルヴに比べたらだいぶ小さい。

そしてガリガリに痩せていたのだが、

「少しは太ってきたかな？」

「わふ」

「解放されたばかりの頃に比べたら少し太ったのだが……まだまだ痩せているのだ」

フィリーもタマを心配しているようだ。

タマは忠犬だ。

餌(えさ)をもらえず家族にも会えない中、一頭で屋敷にとどまった。

それも昏き者どもが占拠している屋敷にだ。

フィリーのことが心配で、ずっと雨ざらしの庭で助けが来るのを待っていたのだ。

尊敬すべき犬と言えるだろう。

俺がタマを撫でていると、今度はケーテが近づいてきた。

ケーテは巨大な狼のガルヴを両手で抱いていた。

相当な腕力だ。

「……きゅーん」

ガルヴが甘えるような声を出している。

抱っこされることが滅多(めった)にないため、嬉しいのだろう。

「ガルヴにタマと、ロックの家には犬がいっぱいおるのであるな」

「……イヌ科なのは間違いないな」

「ガルヴは狼でありますよー」

「へー？」

ニアの姉にして狼の獣人族のシアの言葉にケーテは首をかしげた。

ケーテにとっては、狼も犬も大した違いはないのだろう。

「ガルヴは霊獣の狼だから、我らの遠い遠い親戚のようなものであります」

シアは十五歳の若さでBランク冒険者になった優秀なヴァンパイアハンターだ。

「ガルヴは大きいから、あまり抱えない方がいいかもしれないでありますよ」

「そうなのであるな」

ケーテはガルヴを下ろすと、タマを撫でる。

「成犬のガルヴも可愛いが、子犬のタマも可愛いのである」

「タマは子供じゃないぞ？」

俺がそう言うと、ケーテは驚いたようだ。

大きさの比率から言えば、ケーテの言う通りだが。

「そうなのであるか？」

「ああ。ガルヴが子狼で、タマが成犬だ」

「不思議であるなー」

そんなことを言いながら撫でている。

「その鳥も可愛いのである」

「ゲルベルガさまは、神鶏さまだ」

そして、俺はケーテにもゲルベルガさまの偉大さを教えておいた。

「ゲルベルガさまは、偉大なのであるな！」

「ここぅっ」

ゲルベルガさまは、俺の肩の上に乗り羽をバタバタさせた。

これはゲルベルガさまなりの照れ隠しである。

「ゲルベルガさまは、元気ね」

ゴランの娘、Ｆランク冒険者のセルリスがゲルベルガさまを抱きかかえる。

セルリスは戦闘力はＢランク相当だが、冒険者になりたてなのだ。

「こぅ」

セルリスに抱きかかえられると、ゲルベルガさまは大人しくなった。

「夜ご飯の準備ができたぞー」

そのとき、居間にミルカの声が届いた。


ミルカに呼ばれたので、俺たちはぞろぞろと食堂に移動する。

食堂には、エリックとゴランがいた。

二人だけで日が沈む前から酒を呑んでいる。

「ロック、起きたか！」

「疲れてたのか？　見た目は若いのに、俺らと同じく年ってことかもしれねーな！」

ゴランは少し嬉しそうに言う。

「返す言葉もない」

エリックもゴランも夜明けごろに家に帰り、軽く眠って働いたのだ。

そして仕事を終えて屋敷に来たのだろう。大したものだ。

「だいぶ呑んだのか？」

「いや、ほどほどだ」

「軽くだ、軽く。水がわりみたいなもんだ」

エリックとゴランはちょっと顔が赤かった。

少しだけ酔っていそうである。

ゴランの娘、セルリスが心配そうに言う。

「パパ、呑みすぎないでほしいわ」

「ああ、大丈夫だ。全然呑んでいない」

「ご飯もちゃんと食べないと駄目なんだからね」

「おお、わかっている。すまんな」

日が沈む前から酒を呑むのはあまり褒められたことではないのかもしれない。

だが、エリックは国王、ゴランは冒険者ギルドのグランドマスターだ。

いつも激務だから、たまには息抜きぐらいしてもいいだろう。

「ごはんか。楽しみであるぞ」

「ケーテは座っていてくれ」

「わかったのである」

俺はミルカたちを手伝いに行く。

今日みたいに大勢で食事をするときは、料理を運ぶ人数は多い方がいい。

そして、準備が終わると全員で食卓に着く。

ゲルベルガさまや、タマ、ガルヴにも忘れずにご飯を用意しておいた。

「もう、食べていいよ」

そう言ったのに、獣たちは食べ始めない。

「ここぅ」

ゲルベルガさまは俺の方をじっと見ている。

もしかしたら、俺のご飯の方が美味しそうに見えているのだろうか。

とりあえず、俺は食事を開始する。

「こぅ」

すると、ゲルベルガさまは一声鳴いて、ご飯を食べ始めた。

勢いよく食べている。

ゲルベルガさまのご飯は我々のものとほとんど一緒だが、野菜が多めだ。

神鶏なので、人と同じものを食べてもいいのだ。

「わふ」

ゲルベルガさまが食べ始めたのを見て、タマも食べ始めた。

タマのご飯は生の肉と茹でた芋などだ。美味しそうに食べている。

「がう」

タマが食べ始めたのを見て、ガルヴも食べ始める。

ガルヴも霊獣なので、俺たちと同じものを食べて大丈夫なのだ。

だが、今回の食事はタマと同じような内容だった。

ちなみに、体の小さな順に食べ始めるのは不思議な感じがした。

ゲルベルガさまたちにも何らかの序列があったりするのだろう。

「うまい、うまいのである」

「そ、そうかい？」

「うむ。ミルカは天才料理人であるな！」

ケーテが料理を絶賛していた。

普通の料理だが、ケーテの口に合ったらしい。

何よりである。

食事中にケーテが言う。

「そう言えば、遺跡保護委員会の件だが、各々の希望を聞こうではないか」

遺跡保護委員会というのは、ケーテたち竜族とメンディリバル王国が結んだ同盟の名前だ。

ただ、同盟といっても秘密同盟だ。公にするわけではないので名前は仮のものである。

そういう意味では、同盟というよりも、竜と王国共同の昏き者対策委員会といった方がいいかもしれない。

「希望って何の希望だ？」

「それは、もちろん役職の希望である」

「ケーテの好きにしてくれていいと思うが。エリックはどう思う?」

「ああ、ケーテに任せる」

「そうか、ならば任されるのだ!」

やることも決まっているし、メンバーも決まっているのだ。役職など重要ではない。

ケーテが自由に委員長でも会長でもやればいいと思う。

「そういえば、ケーテ。今日は遺跡を見回らなくてよかったのか?」

「昼頃、軽く見回ったのであるぞ?」

ちょうど俺が熟睡していた頃だ。

「そうだったのか。今日は平穏無事だったか?」

「うむ。それに我はこのような魔道具も使っておる」

ケーテは食堂の机の上に大きめの腕輪を載せた。

「我がかけた侵入者探知の魔法に何者かが引っかかれば、この魔道具が報せてくれるのである」

「ほう、便利だな」

「今日はまったく腕輪が反応しなかったのである。勿論上空から見ても特に異変はなかったのだ」

俺はその腕輪を見せてもらった。

かなりいい出来だと思う。

「これを作ったのって、ケーテなのか?」

「そうなのである」

ケーテはああ見えて、魔法は得意なのかもしれない。

「がう」

「わふ」

イヌ科たちが小さな声で吠えたので、俺はふと横を見る。

ガルヴが自分の分の生肉を、タマのお皿に入れていた。

タマが痩せているから、ガルヴは心配したのだろう。

タマはガルヴを優しく舐めると、その生肉をガルヴの皿に戻した。

「がうー」

「わふー」

互いに遠慮し合っている。

「タマも、ガルヴも、お腹がすいたらまだあるから遠慮するな」

「がう」

「わふ」

安心したのか、ガルヴは自分の分の肉を全部食べた。

「タマは、もうお腹いっぱいか？」

「わふ」

「タマは少しずつ食べられる量は増えておるのだがな。まだ食が細いのだ」

フィリーも心配そうだ。

「食べられる量が増えているのなら大丈夫だろう。無理してもお腹壊すだけだしな」

「うむ。タマ、お腹がすいたら言うのだ」

「わふ」

その頃、ゲルベルガさまは自分の分のご飯を全部食べてガルヴの背中に乗っていた。

第一章

夕食の後、エリックは王宮に帰っていった。

妻と子供たちが待っているのだ。ちなみに王宮でも夕ご飯を食べるらしい。

太らないか心配である。

「ゴランは泊まっていくんだろう？」

「ああ。いつもすまねーな！」

「構わないぞ。一応、屋敷の方にも連絡しとけよ」

「おお、それは大丈夫だ。言ってある」

俺がゴランにそんなことを言っている間、ケーテはこっちをチラチラ見ていた。

泊まっていくように声をかけられるのを期待しているに違いない。

「ケーテも泊まっていくといい」

「よ、よいのか？」

「もちろんだ」

ケーテは嬉しそうに羽をぴくぴく動かした。

尻尾も縦に大きく動いている。

そんなケーテにニアが駆け寄る。

狼の獣人であるニアの尻尾はゆっくりと揺れていた。

「ケーテさん、一緒にお風呂入りましょう！」

「お風呂とな？」

「このお屋敷にはすごく広いお風呂があるんです」

「そうだぞ！　毎日磨いているから綺麗なんだぞ」

ミルカは胸を張っていた。

「先生も一緒に入ろう！」

「うむ。入ろうではないか」

フィリーもお風呂に入るようだ。

「それは楽しそうであるな！」

「みんなでお風呂に入るでありますよ！」

「そうね！」

シアとセルリスも一緒に入るようだ。

女の子たちがぞろぞろとお風呂に向かう。

その際、ケーテがふと言った。

「ルッチラは、一緒に入らぬのか？」

「ぼ、ぼくはいいです」

ゲルベルガさまを抱いたルッチラが慌てた様子で固辞する。

「ルッチラは男の子だぞ！」

ミルカが笑いながら言った。

「む？　そうなのか？　我はてっきり……」

「ケーテさんは人を見分けるのが苦手なんだなー」

ミルカはうんうんとうなずいている。

ゴブリンと人族の区別がいまいちついていないのがケーテだ。

人族の男女差などわかるわけがない。

「不思議なこともあるものであるなー。てっきり……」

「ささ、ぼくのことはいいですから、お風呂に入ってきてください」

「ルッチラからは女子の匂いしかしないのであるがなー」

「……そ、そそそ、そんなことないよ？」

「こ、こここここ」

ルッチラの顔は引きつっていた。

ゲルベルガさまもなぜか細かく震えて、きょろきょろ見回していた。

ミルカが驚いて目を見開く。

「え？　そうなのかい？　ルッチラは女の子なのかい？」

「ち、ちがうよ？」

ルッチラは本気で焦ってているようだ。

「こここここここ」

だが、ルッチラ以上にゲルベルガさまの挙動が怪しい。すごく動揺しているようだ。

これは女の子であることを一緒になって隠していたということかもしれない。

さすがの俺も、そのぐらいは気が付く。

「ルッチラ」

「は、はい」

「ここここここ」

ゲルベルガさまがルッチラの腕を飛び出し、鳴きながらこっちに走ってきた。

そのまま俺の腕の中に飛び込む。

「どうしたんだ、ゲルベルガさま」

「こうこうここ」

ゲルベルガさまは頭を上下にぶんぶんと振る。

ルッチラが性別を偽っていたことを、謝っているのかもしれない。

男だろうが女だろうが、ルッチラはルッチラである。

「もし性別を偽っていたとしても、気にしなくてもいい」

「……はい、ありがとうございます」

「コッココ！」

ゲルベルガさまが促すように鳴いた。

「わかりました、ゲルベルガさま」

そして、ルッチラは決心したように口を開く。

「実は、ずっと隠していたけど女でした……」

「へー、そうだったんだー」

「気付かなかったのだ」

ミルカとフィリーは素直に驚いている。

「あたしは匂いでわかっていたでありますよ」

「私も知っていました」

シアとニア、嗅覚の鋭い狼の獣人たちは知っていたようだ。

知ったうえで事情があるのだろうと指摘しなかったらしい。

「私も、そうだろうと思っていたわ」

「セルリスも知ってたのか?」

「知っていたわけではないわ。そうだろうと思っていただけ」

「どうして、ルッチラが女だってわかったんだ?」

「だって、可愛いもの。声も顔も、女の子でしょう?」

セルリスも気付いていたうえで、あえて突っ込まなかったようだ。

「そうだったのか、気付かなった……」

「ああ」

俺とゴランは、正直気が付いていなかった。

「隠していたことは全然問題ないんだが……何か事情があるのか?」

「……ぼくの一族が、ぼく以外全滅してしまったことはお話ししたと思うのですが……」

「そうだったな」

ゲルベルガさまを崇めていたルッチラの一族は、昏き者どもの襲撃で滅んでしまった。

そして一人生き残ったルッチラが、ゲルベルガさまを守りながら落ち延びたのだ。

「ぼくの住んでいた地域には族長同士の会議がありまして、その会議に出られるのは男だけなのです」

「なぜ男だけなんだ?」

「領主の方針です」

しょうもない方針だ。領主の顔が見てみたい。

そういえば、シアたち狼の獣人族にも族長会議があると聞いている。

「シア、そういうものなのか?」

「狼の族長会議は女でも問題ないでありますよ。父の代理であたしが出席したこともあるでありますしね!」

確かに、以前シアはそのようなことを言っていた。

ハイロード討伐に関する族長会議に、族長ダントンのかわりにシアが出席したのだ。

「そうだよな。普通はそうだ」

「そうであります」

するとルッチラは真面目（まじめ）な表情でつぶやくように言う。

「ぼく一人だけではありますが、まだ一族は滅んでいないのです。成人したら族長会議に出席するつもりだったので……」

「なるほど。それで男としてふるまってたのか」

ルッチラの地域の領主は、族長会議に出席しなければルッチラを族長として認めないのだろう。

「はい。隠していて申し訳ありません」

「気にするな。それに一族の復興という意味なら、エリックに頼めばどうとでもなるぞ」

「というか、ルッチラ、騎士の爵位をもらっていたじゃねーか？」

「はい、いただきました」

シアと狼の族長たち、ルッチラには騎士の爵位が与えられている。

ヴァンパイアハイロード討伐の功績だ。

「爵位を持つってことはつまり、一家をたてたってことだ。族長会議にも出席することができるだろうさ」

「そうだな。平民相手なら領主は色々好きにできるが、騎士は貴族だ」

たとえ領主でも、貴族相手に自分勝手な方針を押し付けることはできない。

もめた場合は、王に仲裁を頼むことになる。

その場合、王は枢密院に判断をゆだねることが多い。

「で、俺は枢密顧問官なんだよ」

「……そ、そういえば、そうですね」

そう言うと、ルッチラは安心したのかぽろぽろと涙をこぼした。

「ここぅ」

ゲルベルガさまが俺の腕の中からルッチラの元へと飛んで戻る。

肩に乗って、優しく体を頬に押し付ける。

「ありがとうございます、ゲルベルガさま」

「こぅ」

そんなルッチラとゲルベルガさまをセルリスが抱き寄せた。

「よかったわね、ルッチラ」

セルリスはそう言って何度もうなずいていた。

「一族を復興させる手続きは成人してからになるのか？」

「はい。そうなると思います」

「その時は協力しよう。安心していい」

「ありがとうございます」

ルッチラは涙をぬぐいながら微笑んだ。

とはいうものの、実際には部族の復興というのはどういうことを指すのだろう。

一族の土地が重要なのだろうか。それとも、血族の数だろうか。

とりあえず、ゲルベルガさまが、とても重要だというのはわかる。

現地点では、エリックに言って元の村があった跡地を押さえておけばいいだろう。

他のことは、後からでも何とかなる。

俺がそんなことを考えていると、笑いながらミルカが言う。

「お風呂に入りたくなさそうだったのは、服を脱いで女だとばれたくなかったからなのかい？」

「……うん」

「そっかー。風呂が嫌いなのかと思っていたんだぜ！」

ミルカはそう言ってルッチラの背中をバシバシ叩いた。

「不潔だと思って、気にしていたんだぞ！」

「本当は……。お風呂は好きなんだ」

「そっかー。ルッチラが不潔好きじゃなくてよかったんだぜ」

不潔好きとは聞きなれない言葉だ。

だが、意味は分かる。綺麗好きの反対の意味だろう。

「女同士とわかったところで、ルッチラも一緒にお風呂に入るでありますよ！」

「そうだな！　それがいいのである！」

シアの意見にケーテも賛成した。そうして女子たちはみんなお風呂に行った。

後にはおっさんと獣たちが残される。

「……ルッチラが女の子だったとはな。ゴランは気付いていたか？」

「まったく。意外と気が付かないもんだな」

「あぁ……」

俺とゴランはため息をついた。

鼻のいいシアやニアはともかく、セルリスも気付いていたらしい。

観察力不足を反省しなければなるまい。

俺とゴランが酒を呑んでいると、俺のひざの上にガルヴが顎を乗せる。

タマは俺のすぐ近くでお座りしていた。

ゲルベルガさまは俺の肩の上に乗りにきた。

「ラック。相変わらず動物に人気だな」

「そうか？　まあ、懐いてくれているが」

「タマ、こっちにおいでー」

「わふ」

ゴランはタマを呼び寄せて、わしわし撫でていた。

しばらくたって、女子たちが風呂から上がった。

「ラック。俺たちも風呂に入るか！」

「そうだな！　酒とつまみも持っていこう」

「それはいいな！」

俺とゴランはおっさん同士風呂に向かう。ガルヴとゲルベルガさまもついてきた。

タマはあまりお風呂が好きじゃないらしい。フィリーのところに走っていった。

風呂の中で酒を呑みながら、ゴランに相談する。

「さっきはああ言ったが、ルッチラの一族の復興ってどうすればいいんだ？」

「さぁ。エリックに丸投げすればいいんじゃねーか？」

「……それもそうだな」

「ガハハ！」

心配がなくなったのでお酒を飲んだ。お酒はとてもうまかった。


次の日の朝、ガルヴと一緒に食堂に行くと、ケーテが待っていた。

なぜかケーテは嬉しそうだった。羽がこまめに動いている。

「どうした、ケーテ。機嫌がよさそうだな」

「うむ。これを見てほしいのである」

そう言って、ケーテは食堂の机に大きな紙を広げた。

「これは？」

「遺跡保護委員会の組織表である」

「へー」

そんなものをわざわざ作るとは、ケーテは意外に真面目な竜である。

エリックはともかく、俺とゴランなら絶対こういうのは作らないと思う。

「どれどれ」

遺跡保護委員会の組織は、委員長を頂点にいくつかの局に分かれているようだ。

そして役職の横には人名が書かれていた。

「ちょっと待ってくれ」

「どうしたのであるか？」

「どうしたのであるか？　じゃなくて、なんで委員長が俺なんだ？」

「適役だからであるぞ？」

「委員長はエリックかケーテがやればいいと思うのだが」

「エリックも我も王であるからなー。二つの国の同盟組織なのに、片方の王が就任したらまずいであろう？」

そう言われたら確かにケーテの言う通りだ。

どちらかが上位と思われるような人事はまずい。

「とはいえ、俺だって、メンディリバル王国の大公だし、王国が上位とみなされないか？」

「ラックは王国どころか人族の枠に収まらない英雄であるからなー。竜たちも納得するであろう」

「……そうだろうか」

「……もしあれならば、我らも名誉風竜大公の称号を与えるが……」

「いや、それは必要ない」

昨日、ケーテは人事について、俺たちに相談していた。

それに対して、俺たちは丸投げしたのだ。

その結果として作られたものを、否定するのは筋が通らない。

それならば、最初から口を出しておくべきである。

「ところで、この最高顧問ゲルベルガさまっていうのは？」

「神鶏さまなのだ。最高顧問が適役であろう」

ちなみにケーテは書記局長、エリックは政治局長だった。

何をするのかわからないが、その辺はいい。

冒険局長ゴランと錬金局長フィリーもいいだろう。

「なるほど……。なら、事務局長がなぜミルカなんだ？」

「ミルカと昨日話した結果、天才だとわかったのである」

「よく気付いたな」

「うむ。だから何か役職を与えようと思ったのだ」

「そうか」

俺には書記局長と事務局長の業務の違いはわからなかった。

だが、ケーテがそう言うのだから、それでいいと思う。

謎の「狼」という役職にガルヴと書かれていたのは見なかったことにした。


俺が遺跡保護委員会の組織と人事を確認していると、ミルカが朝ごはんを持ってきた。

「ミルカありがとう」

「気にするなよ！」

「ミルカ、遺跡保護委員会の事務局長になってるらしいけど、聞いたか？」

「ケーテさんに聞いているぞ！」

「嫌じゃないか？」

「その、事務局長ってのが何するのかわかんないけど、光栄なんだぜ！」

ミルカは嬉しそうだった。嬉しいならそれでいい。

そんなことを話していると、エリックが来た。

「エリックさん、いらっしゃいだぞ。朝ごはんは食べるのかい？」

「ありがとう、ミルカ。だが朝食はもう済ませたのだ」

「そうかい。じゃあ、お茶でも淹れるぞ」

「すまないな」

俺はエリックに役職表を渡す。

「ケーテが遺跡保護委員会の役職表を作ってくれたぞ」

「おお、ありがたい」

ケーテは少し緊張気味に見える。

「どうであるか？」

「うむ。素晴らしい」

「そうであろ、そうであろ！」

その後、ゴランやセルリスも起きてくる。

そうしてシア、ニア、ミルカ、ルッチラ、ゲルベルガさまと一緒に朝ご飯を食べた。

その席で、俺はエリックに言う。

「ルッチラの一族の復興の件について聞きたいんだが……」

「む？　どの件だ？　男しか出席できない族長会議の件か？　それとも土地の件か？」

エリックにはまだ何も説明していない。

にもかかわらず、エリックはすでに事情を知っているようだ。

もしかしたらゴランが報告したのかもしれない。

そう思って俺はゴランを見る。

ゴランは美味しそうに肉の腸詰にかぶりついていた。

「……その両方だ」

「ああ、それなら安心しろ。とっくに手は打ってある」

「もう手を打ってあるのか？」

お茶を飲みながら、エリックはこともなげに言う。

「ルッチラの住んでいた村とその周囲は、すべて今は俺の直轄地だ」

「……どうやったんだ？」

「どうもこうもない。領主のやつが金に困って泣きついてきたから、その土地と引き換えに税を一部免除してやったのだ」

「へー。運がいいな。そういうことってよくあるのか？」

「稀（まれ）によくあることだ」

「……どっちだよ」

俺の問いには答えず、エリックは続ける。

「もう一つ。族長会議についてだが、圧力はかけておいた。ルッチラが成人するまでに制度が変わっていなければ、改めてかければよかろう」

ルッチラの村のあった土地の領主はエリックになった。

だが、周辺の部族は元の領主のまま。

周辺の部族との族長会議はルッチラの一族にとっても重要なものになるだろう。

ルッチラが女として族長会議に出席するには、もう一押し圧力が必要かもしれない。

それにしても思いのほか、手際がいい。

事情は教えていないはずなのに、どういうことだろうか。

「エリック、ルッチラが女の子だってことを知ってたのか？」

そう言ってゴランが驚いていた。ということは、ゴランが教えたわけでもないらしい。

「当たり前であろう。というか気付いていなかったのか？　そちらの方が驚きだが……」

エリックが呆れたような目で見てくる。

返す言葉もない。

「ルッチラ、どうやらそういうことらしい」

「はい。とてもよくわかりました。陛下、何から何まで、ありがとうございます」

「ココゥ！」

ルッチラとゲルベルガさまが頭を下げた。

「気にすることはない。ルッチラとゲルベルガさまには王国もお世話になっているからな」

「ルッチラ、まだ心配なことがあれば、この際エリックに頼んでおくといい」

俺がそう言うと、

「そうだぞ。叶えられるかはわからぬが、言うだけならただであるからな」

エリックも優しく微笑んだ。

「陛下。これ以上の望みなぞありませぬ」

「それならいいのだが。まあ、別に今じゃなくてもいい。あとで思いついたら言いにきなさい」

「ありがとうございます」

「俺に言いにくかったら、ラックに言えばよい」

そう言って、エリックは笑った。

第二章

みんなが朝ごはんを食べ終わった頃、屋敷の呼び鈴が鳴った。

ちょうどその時、俺は徒弟たちと食器を洗っていた。

「お、来客だな。手が空いてるおれが行ってくるぞ！」

「いきなり門は開けないようにな」

「わかってるんだぜ」

そう言ってミルカが走っていく。

ミルカは料理を作る際に主導的な役割を果たしている。

だから、お皿洗いは免除されているのだ。

皿を洗いながらニアが言う。

「誰でしょうか？」

「さあ、朝だから、緊急の要件かもしれないな」

「それは困りますね」

ルッチラは肩にゲルベルガさまを乗せながら皿を洗っていた。

すぐにミルカが戻ってくる。

「ロックさん！　ロックさん！」

「どうした？　落ち着け」

ミルカは少し慌てているように見えた。

「なんか、羽と尻尾がはえた人が来たんだぞ！」

「……えっと、ケーテみたいな？」

「そうなんだ！　でもおっさんだったぞ！」

「お客さんに、おっさんとか言ったらだめだ」

残りの皿洗いをニアとルッチラにお願いすると俺は正門へと向かう。

門越しに男が見えた。

貴族の正装だ。そして身長が高い。

一般男性よりもかなり大きいゴランより、さらに背が高い。

そして、太い尻尾と小さな羽が見えていた。そこはケーテにそっくりだ。

（竜だろうか。いや、人族に変化できる竜族は滅多にいないはずだ）

そんなことを考えながら門まで行く。

「お待たせしました。この屋敷の主、ロックです」

「朝早くにお邪魔してしまい、申し訳ございません。私はケーテの父、ドルゴ・セレスティアと申します」

「あっ、ケーテさんの！」

「いつも娘が大変お世話になっております」

「いえ、こちらこそ」

「立ち話もなんですから、どうぞ中にお入りください」

俺は門を開ける。

「失礼いたします」

ケーテの父ドルゴはとても腰が低かった。

ケーテの父、つまりは先代の風竜王である。

そんな大物竜が、一体我が屋敷にどんな用があるというのだろう。

少しだけ俺は緊張した。


俺はケーテの父ドルゴを連れて、応接室へと向かう。

その途中で、ケーテたちの楽しそうな声が聞こえてきた。

「がっはっは！　エリックは無茶をするものである！　貨幣単位をラックにするなど」

「ふふふ。だが、そのぐらいでちょうどいいのだ」

「わかる、わかるのである！　ラックは控えめであるからな！　竜族も何か贈らねばなるまい」

「ばれたら面倒だからな。こういうのは気付いた時には手遅れにしておくぐらいがよいのだ」

「さすが、エリックである！」

なんだか王様同士で盛り上がっていた。

ドルゴが足を止める。

「うちの娘の声がいたしますな」

「はい。ケーテさんには、昨日からちょうど我が屋敷に逗留していただいております」

「ご迷惑をおかけしてなければよいのですが……」

「いえいえ、ご迷惑だなんて、とんでもないことです」

「すこし、顔を見たいのですが……」

「ええ、もちろん」

俺がそう言うと、ドルゴは食堂に足を進める。

ケーテたちは朝ごはんを食べた後、そのまま食堂で歓談していたようだ。

ドルゴが歩き始めると、今度は、ゴランの声が聞こえてきた。

「エリックはこれから王宮に帰って仕事なんだろ？　俺も王宮に用事があるし、一緒に行くか？」

「ああ、俺は構わぬが……。出入りの記録を残さないと、後々面倒にならないか？」

「あー、確かにな」

ギルドのグランドマスターとしての用事で王宮に出向くのなら公的なものだ。

当然、いつ王宮に入って、出たのか記録される。

にもかかわらず、王宮に入った記録がなければ、色々面倒になる。

出入り管理の書類上の手違いということになってしまうのだ。

つまり、王宮の出入りを管理している部署のミスになってしまう。

「面倒だが、正面から馬車に乗っていくしかないか。……面倒だがな」

ゴランは面倒だと二度言った。本当に面倒なのだろう。

「がっはっは！　空から行ってぴょんと降りればよいではないか」

「あいにく、そういうわけにはいかねーんだよ」

「人族は大変であるなー」

ケーテがお茶を飲みながら言った。

「竜族だって大変なのではないか？　宮殿に戻ったらたくさん仕事とかあるんじゃないのか？」

「がっはっは！　竜族には大変なことなど何もないのである」

「それはうらやましい」

「仕事なんてさぼっておけば、父ちゃんが適当にやってくれることになっておるのだ！」

ケーテはどうやら、普段、ドルゴのことを父ちゃんと呼んでいるらしい。

王様らしくはないが、ケーテらしくはある。

「それはよかったな」

「そうなのだ！　よかったのであるぞー？　おぉっ？」

ケーテは振り向くと、そこに父ドルゴがいることに気が付いた。

ケーテの顔がこわばっていく。

「父ちゃ……、父上、どうしてここに？」

「どうしてではない。公務をさぼっているバカ娘を迎えに来たのだ」

「こ、これは違うのである」

「ほう？　どう違うのか、説明してもらおうか。ケーテ・セレスティス風竜王陛下」

「えっと……。これは昏き者が……」

「昏き者が？」

「暴れているから、人族との連携を考えていたのであるからして」

しどろもどろになりながら、ケーテは一生懸命説明している。

尻尾が左右に小刻みに揺れていた。

嬉しいときは上下に、焦ると左右に揺れるのかもしれない。

「ふぅ」

ドルゴはため息をついた。

「風竜王陛下が人族との連携をお考えなのはわかった」

「そ、そうなのである」

「で？　それと公務をさぼっていることと、どのような関係が？」

「ふえ⁉　あ、えっと……」

ドルゴは笑顔のまま、ケーテの目をじっと見る。

笑顔といっても、目はまったく笑っていない。

正直、俺も怖い。

「……ごめんなさい」

「風竜王陛下はもう少し風竜王としての自覚を持たねばならぬ」

「……はい」

ケーテの尻尾がしゅんとして、先っぽが垂れ下がる。

その後、ドルゴは俺たちに向かって頭を下げた。

「お見苦しいものをお見せしました」

「いえいえ。お気になさらないでください」

俺は笑顔で答えておいた。

エリックが立ち上がると、ドルゴの前にやってくる。

「人族の王、エリック・メンディリバルと申します。以後お見知りおきのほどを」

「これはこれは勇者王陛下でいらっしゃいますね。御高名は竜の世界にも轟(とどろ)いております」

エリックの自己紹介の後、ゴランも自己紹介をする。

ドルゴはゴランのことも知っていたようだ。

「当代最強の戦士の名は聞(き)き及(およ)んでおります」

「最強と呼ばれているといっても、所詮(しょせん)は卑小なる人族の間でのことですから」

「ご謙遜(けんそん)を」

そのときケーテが言う。

「父ちゃん、で、この人がラックであるぞ」

「なんと！　ロックさんでは？」

「ラック・ロック・フランゼン大公であるぞ！」

「本当ですか？」

ドルゴは真剣な表情だ。嘘をつくわけにはいかない。

「はい。そうです」

「なんと！　お会いできて光栄です」

「こちらこそ……」

「握手していただいても？」

「もちろんです」

「あとで、サインをいただきたいのですが……」

「かまいませんが……」

ドルゴもまるでケーテのようなことを言う。

「ケーテ。なぜ教えてくれなかったのだ？」

「……何をであるか？」

「ラックどののお屋敷に滞在していることをだ！」

「ちゃんと報告書に書いたであろう？」

「ロックどのと書いてあったぞ」

「あー。そういえばそうだったかもしれぬ」

「しっかりせぬか！」

「すまぬ、すまぬのだ！」

ケーテは父ドルゴに謝っていた。

ドルゴは娘ケーテを叱った。

だが、それは文句を言うといった感じだ。

公務をさぼっていたことを怒っていたときとは雰囲気が違う。

小言というより、愚痴に近い。

「父ちゃん、すまなかったぞ！　ついうっかりである！　ガハハ」

ケーテも怒られているという感じではない。

「本当に、ラックさんの家に泊めてもらっているなど……。一番大事なことだぞ！」

「すまなかったのだ！　以後気を付けるのである」

「本当に、しっかりしてくれ」

ドルゴはひとしきり文句を言った後、改めて俺の方を見る。

「早速で申し訳ないのですが……」

そんなことを言いながら、鞄をごそごそし始めた。

そして、大きな金属の板を取り出した。ドルゴの鞄は、魔法の鞄だったようだ。

「大きいですね」

「はい、申し訳ないのですが、これにサインをしていただけませんか？」

「構いませんよ」

一辺が成人男性の身長ぐらいある正方形の板だ。

厚みは、俺が拳を握ったときの小指から人差し指の幅ぐらい分厚い。

ケーテにサインを求められたときの板よりも大きかった。

「父ちゃん、うらやましいのである！　我がもらったサインより大きいのであるぞ」

「娘よ。常に備えておかなければ、チャンスを逃すことになる」

「ふむー。今後は気を付けるのである」

俺がサインをしようとすると、フィリーが声を上げた。

「こ、これは……オリハルコン？」

「え？　これってオリハルコンなんですか？」

「はい。そうですが、何か問題が？」

「高価すぎて……手が震えます」

これだけの量のオルハルコンを買おうと思えばいくらするだろうか。

考えるのも恐ろしい。

屋敷が一軒買えるオリハルコン製の剣が、数十本は作れそうな量である。

「ガッハッハ。ロックは冗談が上手であるなー」

「ははは、ご冗談を」

風竜王親子は機嫌よく笑っている。

竜たちにとって、オリハルコンは大したものではないのかもしれない。

俺はサインをしようとペンをとる。

果たして、金属の板にサインをするのにはどのインクがふさわしいだろうか。

俺にはよくわからないので、普段のインクを用意した。

ドルゴが首をかしげる。

「ラックどの？　ペンでサインされるのですか？」

「まずかったでしょうか？」

「オリハルコンなので、インクを弾くかと」

「……それはそうですね」

「お手数をおかけするのですが……、オリハルコンなので、魔法でサインを刻んでいただければ……」

「なるほど」

オリハルコンにサインするときは、そうするものらしい。

俺はオリハルコンの板に魔法で自分の名前を刻んでいく。

板が大きいので、かなり大きく刻まなければならない。

その上、オリハルコンは硬いので少し大変だった。

「ふう。これでどうでしょうか」

「ありがとうございます！　家宝になります」

「そんな大げさな」

「いえいえ、決して大げさではありませんよ」

ドルゴは真顔だった。

ドルゴが魔法の鞄に板をしまい始めると、フィリーが寄ってきた。

「ドルゴ陛下、お聞きしたいことがあるのですが……よろしいでしょうか？」

「なんですか？　フィリーさん」

天才錬金術士のフィリーも、ドルゴには丁寧だ。

前風竜王陛下ということで、敬意を払っているのだろう。

ドルゴもフィリーに優しく笑顔で対応している。

「聞きたいことというのは、ごみ箱についてでございます」

「ごみ箱？　とおっしゃいますと？」

改めてフィリーが説明する。

ケーテの宮殿にあったごみ箱のことだ。

それは魔装機械製造装置として、昏き者どもに使われていた。

「あれをどのように扱うのか教えていただきたいのです」

「娘は教えてくれなかったのですか？」

「ふぃーふぃー」

ケーテは目をそらして鳴らない口笛を吹いていた。

それを見てドルゴは理解したのだろう。

「……なるほど。娘もわかっていなかったようですね。現物はありますか？」

「はい。私の研究室に置いてあります」

「では、そちらに……。現物を見ながら説明した方が早いでしょう」

ドルゴがそう言ったので、俺たちは早速フィリーの研究室へと向かった。

みんな興味があったのだろう。全員がついてきた。

「ここから不要なものを入れると、物質変換装置が働きます」

「ほうほう？」

「そして……」

ドルゴは丁寧に使い方を説明してくれた。

結論から言うと、魔装機械を作るには愚者（ぐしゃ）の石か賢者の石が必要らしい。

「そうなると、魔装機械はそうそう作れるものではありませんね」

「まったくもってその通りです」

俺の言葉にドルゴはうなずいた。

「とすると、昏き者どもは、愚者の石の量産態勢に入ったということでしょうか？」

「可能性はありますね」

昏き者どもは少し前まで、フィリーを軟禁して愚者の石を作らせていた。

フィリーを救い出した今、そう簡単に量産できないはずだ。

だから竜の遺跡を漁（あさ）っていたのだと、俺たちは考えていた。

「王都周辺の昏き者とは別の集団があるのかもしれませんね」

「厄介(やっかい)な話です」

ドルゴは真剣な顔でうなずいた。そして続ける。

「そのことを踏まえて、一つご相談があるのです」

「なんでしょうか?」

「エリック陛下にも、ぜひ聞いていただきたいのです」

「お聞きしましょう」

後ろで大人しく聞いていた、エリックもうなずいた。


俺たちはフィリーの研究室から居間に移動することにした。

研究室は色々な物があってごちゃごちゃしている。

だから、大勢で話し合うには向かないのだ。

とはいえ応接室も、大勢での会談には向かない。

居間に到着すると、

「お茶を淹(い)れてくるんだぜ!」

ミルカが走っていった。

それをニアとルッチラが追いかける。

ドルゴは言う。

「ケーテから聞いておられるかと思いますが、改めて詳細な報告をさせていただきたく」

「ふむ?」

何の話だろうか。俺には思い当たるふしがない。

横を見ると、エリックとゴランもわかっていなさそうだ。

「はて?」

ケーテも首をかしげていた。

それをちらりと見て、ドルゴが続ける。

「まずは遺跡保護委員会の結成、心よりお慶(よろこ)び申し上げます」

「はい、ありがとうございます」

エリックが頭を下げる。

遺跡保護委員会については、ケーテが報告していたらしい。

「昏き者どもの動きが活発になっています。それに伴い、竜族と昏き者どもの争いも増えております」

「争いですか?」

「はい」

ドルゴはうなずくと、机の上に地図を広げる。

かなり詳細な地図だ。ところどころに赤い点が記されていた。

「ここ最近の竜族と昏き者どもとの間で戦闘が起こった場所を記してあります」

「結構ありますね」

「はい。全部で二十あります」

多いのか少ないのか。判断するのが難しい。

竜族の数が少ないことを考えれば、多いと言ってもいいのかもしれない。

その時、ミルカたちがお茶とお菓子を持ってきてくれた。

「ありがとう」

「気にしないでおくれ！」

俺がお礼を言うと、ミルカたちは照れ臭そうにしていた。

「うまい！」

ケーテはお茶を飲んで一言褒める。

その様子を見て、ドルゴは一瞬注意しようとしたようだが、

「そう言ってもらえると嬉しいぞ！」

ミルカがとても嬉しそうにしていたからか、結局注意しなかった。

ドルゴは代わりにミルカたち――俺の徒弟たちに頭を下げた。

「とても美味しいです。ありがとうございます」

「いえ、お粗末様です！」

ニアが照れながら頭を下げた。

それからドルゴは会話に戻る。

「昨日のことです。私は風竜王の宮殿を襲われた報復に昏き者どもを狩っていたのですが……」

「父ちゃん、そんなことしてたのか……」

ケーテがつぶやくと、キッとドルゴは彼女を睨んだ。

だが、何も言わずに続ける。

「その際、見逃せないものを見つけました」

そして、ドルゴは鞄から謎の物体をとりだして机の上に置く。

「これは、まさか……」

俺が驚くと、ドルゴは深くうなずいた。

「さすがラックどの。お気付きになられましたか。そう、邪神の像です」

「フィリー。これに見覚えはあるか？」

フィリーは父母を人質に取られて、邪神の像を作らされていた。

その像を使って召喚された邪神の頭部は俺が討伐している。

「わたくしが作った邪神の像は一つだけでございますれば……」

「なるほど」

「わたくしが作った像より精巧であると判断いたします」

フィリーは風竜王の先王陛下とエリックの前なので口調が丁寧だ。

「無理やり作らさせていたフィリーと違って、心を込めて作ったんだろう」

「わたくしもそう思います」

「この像の素材は愚者の石でいいのか？」

「はい」

フィリーが断言するのだ。そうなのだろう。

「となると、愚者の石の供給は滞（とどこお）っていないと考えた方がいいだろうな」

俺がそう言うと、エリックもゴランもうなずいた。

「うむ。そう確定してもいいだろう」

「厄介なことになってきやがったな」

ドルゴはさらに鞄に手を入れて何かを取り出す。

「その上こんなものまで……」

「ガウ！」

ドルゴが机にそれを置くと同時に、ガルヴが吠（ほ）えた。

俺もそれには見覚えがあった。

「まさか、それは……ご禁制のハムでは？」

「……ハムですか？」

ドルゴが怪訝（けげん）な表情になる。

ご禁制のハムというのは、メンディリバル王国での呼び名だ。

「我々の国の行政では、それをご禁制のハムと呼びならわしているのです」

「そうでしたか。ということは、用途もご存知ですよね？」

俺はドルゴに、ご禁制のハムについて知っていることを話した。

ご禁制のハムはミルカをさらおうとした悪党のカビーノの屋敷にあった呪具である。

見た目はハムに似ているが、聖獣の肉に冒瀆的な呪いをかけたものだ。

王都を守る神の加護を破る材料になったり、邪神の召喚の際に用いられもする。

メンディリバル王国では、所持しているだけで、死刑になりかねない。

「我々は、ご禁制のハムを非常に危険視しております」

「邪神の像とご禁制のハム。同時に所持していたということは……」

「邪神召喚を狙っていると考えていいだろ」

それもかなり計画は進行していると考えなければなるまい。

ドルゴが言う。

「邪神を召喚するには、さらに膨大な量の呪いが必要になります」

「それはそうでしょうね」

昏き者どもによって、人族が襲われたりする可能性が増える。

警戒しなければなるまい。

「そこで、昏き者どもは竜族に目を付けたようです」

「竜にですか?」

「はい。人族より力が強く、長命な竜を冒瀆すれば、一頭でも相当な量の呪いを得られますからね」

どうやら、竜族は昏き者どもに狙われる理由があるようだ。

ドルゴは真面目な顔で、身を乗り出した。

「ケーテ、……風竜王陛下よりお聞きとは思いますが……」

ケーテがびくっとした。

「水竜族の集落が昏き者どもに狙われているようです」

「……なんと」

ドルゴが言うには、今、水竜族には王がいないらしい。

先代が不慮の事故で亡くなり、後継者はまだ幼い娘が一人だけ。

王に即位するには、まだまだ時が必要だ。

だから、庇護者がいないのだという。

「ラック殿、そしてエリック殿とゴラン殿を信頼してお話ししましょう。水竜族の集落はここにあります」

ドルゴは一点を指さした。

それはメンディリバル王国の南端。

巨大な湖と広大な森が広がっている地域だ。

人はほとんど——いやまったく住んでいない。

「散発的に昏き者どもと水竜との争いが起こっているというのが現状です」

そんな水竜たちの集落から地理的に最も近い竜王の宮殿が風竜王のものである。

それゆえ、水竜族から風竜王に救援が求められたのだという。

「そうだったのであるか……」

ケーテも初耳といった顔をしている。

王だというのに、聞かされていなかったのだろうか。

もしかしたら王というのは形だけで、実権は先王ががっちり握っているのかもしれない。

ケーテはまだしっかりしているとはいえないので、ドルゴの気持ちもわかる。

だから、政治から疎外されたケーテは趣味の遺跡保護に熱中しているのだろう。

そう考えると、ケーテが少しかわいそうになる。

俺は同情の目でケーテを見た。

一方、ドルゴは笑顔だが、頬が引きつっていた。

「陛下？　ご報告致しましたよね？」

「そ、そうであったか？」

「しっかりしていただきたい」

「すまぬのである」

ケーテは政治から疎外されていたわけではないらしい。

本当にケーテには、しっかりしてほしいものだ。

「遺跡保護委員会が結成されたばかりだというのに、このようなことをお願いするのは心苦しいのですが……」

「水竜族の集落の防衛に力を貸せばよろしいのですか？」

「厚かましいお願いだとは理解しております」

俺はエリックを見る。

こういう重要事項はエリックが決めるべきだ。

だが、エリックはこっちを見ながら言う。

「委員長。どうされますか？」

「え？　あっ。委員長って俺か」

「そうであるぞ。しっかりしてほしいのである」

ケーテに言われてしまった。

少し悔しい。

「委員長のラックに任せる」

エリックがはっきりと言った。

「そうか。ありがとう」

そして俺はドルゴに言う。

「微力ながら、お手伝いいたします」

「ありがとうございます」

「いえ。水竜が生贄（いけにえ）にされて、邪神が召喚されてしまえば、人族も無事ではすみませんから」

「そうだな。竜族だけの問題じゃない」

そう言ってゴランもうんうんと力強くうなずいている。

「水竜の保護はお手伝いいたしますが……、風竜族は大丈夫なのですか？」

ドルゴはケーテをちらりと見た。

「確かに、我が娘、風竜王陛下が頼りないという気持ちは、痛いほどわかります」

「い、いえ、そういうわけでは」

実際のところ、そういうわけなのだが、親と本人の前で認めるわけにはいかない。

「実は風竜族には集落がないのですよ」

「そうなのですか？」

「はい。我らのテリトリーは空ですから」

「風竜族は世界各地にばらばらでいるのである。家を持たないやつが多いのであるぞ」

「意外だな」

竜といえば、拠点を構えて財宝を蓄えているイメージがある。

「少し前のおれと一緒だな！」

この前まで住む家のなかったミルカは少し嬉しそうだ。

「ミルカは風竜の素質があるかもしれぬのである！」

「へへっ！」

ミルカは照れていた。

「あれ？　でもケーテは宮殿を持ってるよな？」

「さすがに王は家を持っていないと困るのであるぞ？　宮殿がないと、風竜族が助けを求めるときにも、どこに行けばよいのかわからなくなるのである」

「言われてみるとそれもそうだな」

「政治の拠点という意味もあるのですけどね……」

ドルゴが少し遠い目をした。

それを気にせずケーテが言う。

「風竜はとても速いのである。竜の中でも特別に速いのであるぞ？」

「確かにケーテに乗せてもらったとき、とても速かった」

「あれは我が全力の半分も出していないのである」

ケーテはどや顔をしている。

そこで急にドルゴの顔色が変わった。

「ケ、ケーテ！　ラックさんをその背に乗せたのか！」

「そ、そうだぞ」

ケーテも少し慌てている。何かタブーを犯してしまったのだろうか。

心配になる。

「う、うらやましい……。父も乗せたい」

「こ、今度お願いしますね」

「本当ですか？　約束ですよ？」

「は、はい」

「勇者王陛下も、ゴランどのも、是非乗っていただきたい！」

「はい、是非お願いします」

「こちらこそ、光栄です」

エリックとゴランも少し驚きながら言う。

ドルゴが嬉しそうにしているので、今度乗せてもらおうと思う。

そんなドルゴの様子を気にすることもなくケーテは続ける。

「我が風竜族は逃げ足もとても速いのであるぞ。昏き者どもも、我が一族をあえては狙うまい」

「なるほど」

それだけでは絶対に安全とは言えない。

だが、風竜族は、今現在は比較的安全とは言えるのかもしれない。

ケーテはお茶を飲みながら、つぶやくように言う。

「しかし、知らないうちに水竜の一族が大変なことになっておったのであるなー」

その瞬間、ドルゴがケーテを睨みつけた。

「何度か報告したはずだが……」

「確かにそうであったのだ。だが、救援という話はなかったのである」

「救援依頼の話自体は、昨日のことだが……」

「そうであったか！　それならば我が知らなくても仕方ないのである」

それを聞いたケーテはすっかり安心したようだ。お菓子を口に放り込む。

だが、ドルゴの顔は険しい。居住まいを正した。

「ケーテ、いや、風竜王陛下よ」

「父ちゃ……、いやドルゴ、なんであるか？」

「ドルゴは昨日の夜に、陛下に連絡をしたはずですが」

「む？」

ドルゴの言葉に、ケーテはポケットの中をごそごそし始める。

そして腕輪を取り出した。綺麗(きれい)な赤い宝石がはまっている。

ケーテはその腕輪を操作した。

「ふむ。本当であった……」

「陛下。我はいつも申し上げておりますよね？」

「……はい」

「宮殿にいなくてもいいが、必ず連絡はとれるようにしろと。腕輪はまめに確認するようにと」

「……はい。言われていたのだ」

「いいですか。このようなことがあっては困ります」

「はい」

「いざというとき、どうなされるおつもりか。王としての自覚があるのですか？」

「申し訳ないのである」

ケーテは説教されてしょんぼりする。

尻尾も力なく垂れ下がった。

ひとしきり説教すると、ドルゴは俺たちに向かってまた頭を下げた。

「何度もお見苦しいところをお見せして申し訳ありません」

「いえいえ！　お気になさらず」

「そうですとも、気にしないでくださいさい！」

俺がそう言うと、ゴランも同意した。

エリックもお茶を飲みながら笑顔で言う。

「ケーテさんは、竜としてはお若いのに王を務められてご立派です」

「それほどでもないのだ」

ケーテは照れている。

そんなケーテはおいて、俺はドルゴに尋ねた。

「ドルゴさんはお元気そうなのに、なぜこれほど早く王位を譲られたのですか？」

「竜族では後継者がある程度成長すれば、その時点で継がせるのが普通なのですよ」

「そうなのですか。人族とは違うのですね」

「はい。竜族は寿命が長いですからね。死んでから王権を継承するとなると、いつになるかわかりません」

「それはそうでしょうが……」

エリックは釈然としないといった様子だ。

エリックは、話を聞いてもなお、若い後継者に王権を継承させる理由がわからないようだ。

その様子を見てドルゴは続ける。

「寿命の長短以外は、実は人族も竜族も変わらないのです」

「そうなのですか？　ですが、それが王位継承を早めることとどのような関係が……」

「人族と同様のシステムでは、人族同様に王位継承争いが起こりかねません」

王位をめぐる争いというような俗っぽいものは、竜族のイメージとそぐわない。

俺は少し意外な気がした。

エリックもゴランもそうなのだろう。少し驚いていた。

「いつ死ぬかわからない父母王を持った子はどう思うでしょう？　寿命に限りがない竜族では子の方が先に死ぬ可能性も高いのです。力ずくで王位を奪いたいと考えるかもしれません」

「寿命の長い竜族でも待てないものですか？」

エリックのその問いは当然と言える。

人族の寿命は百年そこそこがほとんどだ。ハイエルフでもない限り短命だ。

竜は文字通り万年生きる。

長命なのだから、気も長い。そんなイメージがある。

「もちろん、人族よりは気は長いと思います。数百年なら待つでしょう。ですが、親は寿命では簡単に死なない竜です」

「なるほど」

「しかも、加齢により衰えることがありません。年を経て強くなることはあれ、弱くなることはないのです」

それでは、子はいつまでたっても、王にはなれない。

「そういう意味では、早期の継承は親の自己保身のためでもあるのです」

「と言いますと？」

「寿命に限りがないとしても、殺すことはできます」

「親の方が長命な分、強いのでは？」

「そういうことが多いですが、まれにトンビが鷹を生むこともございますゆえ」

「なるほど」

「それに、弱者が強者を殺す手段は、世の中にいくらでもあります」

毒、罠、不意打ち、多勢で襲う。確かに手段はいくらでもある。

「子供が焦れる前に譲ってしまえば、親殺しは発生しませんからね」

それを聞いていた、ゴランが言う。

「竜族の王位継承争いなど、すさまじいことになりそうですな」

「はい。強力な竜の王族同士が争うのです。地形や気候が変わりかねません」

ドルゴは笑っている。だが冗談ではないというのはわかる。

本当に地形が変わりかねないのが、上位竜の力なのだ。

「親子間の争いだけでなく、兄弟姉妹間の争いも、まだ子供たちが弱い間に継承させることで防ぐことができますから」

「なるほど。兄弟姉妹喧嘩の発生は、親が未然に止めるということですな」

兄弟姉妹、親子間の王位をめぐる争いは、人族でも珍しくない。

人族の王位争いの場合、大勢の人が死ぬ。

それが竜族の場合だと世界が壊れかねない。

だからこそ、それを抑止するシステムを作っているのだろう。

「我より、父ちゃんの方が強いのであるぞ！　だから仕事も父ちゃんがすべきだと思うのである」

「ケーテ。その理屈はおかしい」

自信満々に言ったケーテだが、俺が否定すると困り顔になる。

「……そうであろうか」

「そうだろう」

「ラックさんのおっしゃる通りだ。早くに王位を継がせることには学ばせるという意味もあるのだからな」

王位を継承させてから、未熟な王を経験豊富な先王が補佐することで教育する。

そういうシステムでもあるのだろう。

考えてみれば、よくできている気がする。

「人族もそうすればいいんじゃないか？　エリック」

「いや。人族の場合は、残念ながらうまくはいくまい」

「そうか?」

「外戚との関係もあるし、貴族との軋轢とかもな……」

「ふむ」

「それに新王も、先代に大きな顔をされたくないはずだ」

「確かに」

人族では、竜族のシステムを導入しても争いは起こりそうだ。

そんな気がした。


ドルゴに竜の王権について聞いた後、しばらくいろいろ話して情報交換した。

それから、俺はドルゴに言う。

「さて、水竜の集落には、なるべく急いで向かった方がよろしいですよね」

「もちろん、あまり時間はありません」

「準備がありますので、今からというわけには参りませんが……明日にでも向かうことにいたしましょう」

水竜の集落は、王国の端だ。王都からかなり距離がある。

ケーテに送ってもらうとしても、数時間かかるだろう。

侵攻が始まってから向かっては遅い。

今すぐ大規模な侵攻があるとは考えにくいが、急いだ方がいいのは確かだ。

「いえ、ラックさん。しばしお待ちを」

「ふむ、何か事情があるのですか？」

「迎える側でも少し準備をしなければなりません。水竜たちにも説明が必要ですから」

確かに、いきなり人族が護衛といって駆けつけても、水竜たちも戸惑うだろう。

それどころか、水竜たちのプライドを傷つけかねない。

そうならないためには、事前に水竜たちとの間にドルゴが立って説明する必要がある。

「それもそうですね。水竜たちが救援依頼を出したのは風竜王にですから」

俺の言葉を聞いて、ゴランが、うんうんとうなずく。

「確かに。水竜としても、卑小な人間に力を貸りるってのが面白くないかもしれないからな」

「いや、俺やゴランならともかく、ラックだからな。水竜も嫌とは言うまいよ」

エリックがそう判断した理由が、よくわからない。

「うむ。エリックの言う通りであるぞ」

「その通りですね。水竜も喜びはしても、怒りはしません」

ケーテとドルゴまでそんなことを言う。

「そんなことはないとは思いますが……。準備が必要なのは理解いたしました」

「はい、お待たせして申し訳ありません」

「いえ。いつでも言ってください。すぐに向かいましょう」

そのとき、横で聞いていたミルカがぽつりと言った。

「でも、ロックさんがいなくなったら、王都が不安じゃないのかい?」

「それは、確かにそうであります」

「少し不安ね」

シアとセルリスも少し表情を曇らせて言う。

「エリックとゴランがいる。大丈夫だ」

「それはそうなのだけど……」

「神の加護もあるしな。そうだろ、エリック、ゴラン」

そう言って俺がエリックとゴランを見ると、

「身が引き締まる思いだ……」

「ああ、気合を入れねーとな」

そんなことを、言っていた。

基本はいつも通りでいいと思う。

俺たちがそんな話をしていると、ドルゴが言う。

「それと……ラックさん。ひとつ、まことに申し上げにくいことがありまして……」

「どうしましたか?」

「ラックさんには風竜王の宮殿に鍵(かぎ)をかけていただいたようで、とてもありがたいのですが……」

ドルゴは言いよどむ。

あれは単なるケーテの家ではない。風竜王の宮殿だ。

鍵にもいろいろな作法があったのかもしれない。

不安になって俺は尋ねる。

「鍵をかけては、まずかったでしょうか？」

「いえ！　とてもありがたいことです。あれほど堅固な鍵は竜族でもかけられる者はおりませぬ」

「そうであろう。ラックがかけてくれた鍵があれば、昏き者どもも入れまい！」

ケーテも自慢げに胸を張る。

尻尾の先が縦にゆっくりと揺れていた。

「それならよかったのですが、鍵のかけ方について、何か作法があったりしたのですか？」

「作法？　そんなものはないはずである。な、父ちゃん」

「はい。そのようなものはありませんよ。ですが……」

ドルゴはまた言いよどむ。俺は大人しくドルゴの言葉の続きを待った。

「お恥ずかしながら……私が入れなくてですね」

「あっ」

そういえば、ドルゴを登録していなかった。

「父ちゃんでも無理だったのであるな」

「ケーテがかけた鍵なら、私が入れないわけがないと最初思ったのですが、鍵をかけたのがラックさんだったのならば納得です」

「開けられなくても、恥ずかしがることはないのである！」

ケーテは嬉しそうだ。

「恥ずかしがってはいないのですが……。まことにお手数ながら……私を鍵に登録していただきたく……」

「確かに、それは急がないといけませんね。すぐに向かいましょう」

「助かります！　お送りいたしましょう。ぜひ私の背に乗っていただきたい」

「えー。ラックはケーテの背に乗った方がよいのである」

「いや、父の背に乗っていただくべきだ」

「えーでも」

「ケーテは一度乗っていただいたのであろう？　ここは父に譲るべきだと思わぬか？」

しばらく話し合って、ドルゴが乗せてくれることになった。

「城門を通るための通行許可証を発行しましょう」

そう言って、エリックが許可証を書いてくれた。

正式の通行許可証の発行には少し時間がかかるので臨時のものだ。


準備を急いで整えると、俺たちは王都の外に出て、距離をとる。

そして、ドルゴは竜の姿に戻った。ケーテよりさらに一回り大きい。

俺が背中に乗ると、ドルゴは空へと飛びあがった。

「では、移動を開始しますね」

「お願いします」

ドルゴの加速は強烈だった。

「いやはや。ラックさんを乗せて飛べる日が来るとは！　光栄の至りですよ」

「こちらこそありがとうございます」

王都からケーテの宮殿まであっという間だった。

到着さえすれば、ドルゴを登録すること自体は簡単だ。

「終わりました」

「本当にありがとうございます。また、王都までお送りしましょう」

俺を王都に送った後、ドルゴは水竜の集落に向け飛び去った。

第三章

俺(おれ)はドルゴと別れてから、王都の門に向かう。
王都にはいくつか門がある。
「おお、久しぶりだな。元気にしていたか？」
「はい、おかげさまで」
この門の衛兵とは知り合いだ。
次元の狭間(はざま)より戻ったとき、全裸の俺に服をくれた衛兵である。
改めてお礼を言って、俺は王都の中に入った。
王都の中を歩いていく。
中央広場のラック像もだいぶ見慣れた。
屋敷に帰る前に、冒険者ギルドに寄ることにした。
（アリオとジニーは元気だろうか）
ここ数日、アリオたちに会っていない気がする。
元気ならいいのだが。

俺が冒険者ギルドの建物に入ると、

「お、ロックじゃないか」

「ロックさん、おはようございます」

当のアリオとジニーに声をかけられた。元気そうなのでよかった。

「最近どうだ？」

「ネズミ退治と薬草採取の日々だ」

「ゴブリン退治の依頼はないのか？」

「ここ数日出てないですね」

ゴブリン退治の依頼がないということは、被害もないということだ。

何よりである。

それから、アリオたちはネズミ退治に出かけていった。

俺も一応、クエスト票を確認しておく。

だが、大したものはないようだった。平和なようでよかった。


「ただいまー」

俺が屋敷に戻ると、タマとガルヴが走ってきた。

「がうがう！」

「わふわふ！」

ガルヴは、ぴょんぴょん飛びついてくる。

タマは俺の周囲をぐるぐる回った。

「タマ、ガルヴ、お出迎えありがとう」

俺はタマとガルヴを撫でまくる。

「ガルヴ、出迎えはありがたいんだが……」

「がう？」

「ガルヴは大きいから、俺以外に飛びついたらダメだぞ」

「がう！」

巨大なガルヴに飛びつかれて無事でいられる人間は少ない。

誰にでも俺にするように飛びつかれては困る。

「ロックさん、おかえりなさい」

そこにセルリスもやってきた。

「ミルカたちはどうした？」

「いまはフィリー先生の授業中よ。ゲルベルガさまもね。シアはギルドに顔を出すって言ってたわ」

どうやら家庭教師フィリーによる徒弟たちの授業の時間のようだ。

ありがたい話である。

シアとは行き違いになったのかもしれない。

「そうか。ゴランとエリックは？」

「パパはギルドへ、エリックおじさまは王宮にお帰りになったわ」

二人とも仕事が忙しいので仕方がない。

「ケーテは？」

「遺跡の見回りに行くって言ってたわ」

昏き者どもが遺跡を狙っている以上、警戒するのは大切だ。

「じゃあ、俺はガルヴとタマの散歩に行ってこよう」

「私も行くわ！」

「それじゃ、一緒に行こう」

俺とセルリスは、タマとガルヴを連れて散歩に出かけた。

「ガルヴ、ゆっくりだぞ」

「がう」

ガルヴが全力で走ると、タマがついてこられなくなる。

ガルヴとしては不完全燃焼かもしれないが、仕方がない。

まだタマは瘦せすぎだ。回復の途中である。

屋敷の周囲をしばらく回った後、一旦戻る。

そしてタマを置いて、また出発する。

王都の外まで出て、ガルヴを思いっきり走らせた。

しばらく走らせた後、

「ガルヴ、これを先に取った方が勝ちだからな」

「がう！」

俺は木の棒を遠くに投げた。

「がうがう！」

ガルヴは大喜びで走りはじめた。

飼い主として初手から負けるわけにはいかない。俺も全力で走る。

そうして、ガルヴより先に木の棒を拾った。

「がうがう！」

「もう一回勝負したいのか？」

「がう！」

ガルヴがせがむので、ガルヴと木の棒を先に拾うゲームを繰り返す。

しばらく走ったり止まったりを繰り返して。

たまにガルヴに勝ちを譲ってやった。

「は、速いわね、はぁはぁ」

そこに、肩で息をしながらセルリスが追いついた。

木の棒を追いかけているうちに結構な距離を走っていたようだ。

「ガルヴはただの狼(おおかみ)じゃなく、聖獣の狼だからな。子狼でも速いんだ」

「聖獣ってすごいのね」

そう言って、セルリスはガルヴを撫でる。

「セルリスもあまり無理をするなよ」

「がうがう」

ガルヴは嬉しそうにセルリスの周りをぐるぐる回った。

さっきの言いつけを守っているのか、飛びつかないのは偉い。

「ロックさんは、ガルヴより足が速いのね」

「ガルヴはまだ子狼だしな」

「パパはどうかしら？」

「ゴランも今の子狼のガルヴよりは速いんじゃないか？」

「やっぱり……」

そして、セルリスは言う。

「私も鍛えないといけないわね！」

「それはいいが、焦らない方がいい」

「がう」

ガルヴも俺に同意するかのように吠えた。

相変わらず嬉しそうに、周囲を走り回っている。

「ロックさん。魔素の濃いところで戦った方が強くなれるのよね？」

「基本はそうだな」

「つまり、強い魔物を倒せば倒すほど、強くなれるってことよね？」

「それはそうだが……。無茶はするなよ？」

魔物を倒すと、魔素が大気中に出る。

そして、それを浴びることによって強くなるのだ。

「ロックさんも、次元の狭間で強くなったのよね？」

「どうしてそう思うんだ？」

「だって、魔神王を追い返した十年前は、パパも、エリックおじさまも、ロックさんと同じくらい強かったんでしょう？」

「そうだ」

「それからパパたちも強くなったらしいけど……。それ以上にロックさんが強くなっているっぽいし……」

セルリスの推測は正しい気がする。

「そうだな。次元の狭間は魔素が濃いからな。それにドレインタッチで魔神から生命力を吸収した際に魔素も恐らく吸収していたような気がする」

「なるほど……」

「魔素を浴びなくても、特訓すれば強くなるし。魔素を浴びても体ができていなければ成長は望めない」

セルリスはふんふんとうなずいている。

「魔石を……」

「魔石を？」

「その。訓練終わりに毎回食べるのはどうかしら？」

「……だめだろ」

「どうして？　魔素の塊なのだから、食べたら強くなれるのではないかしら？」

そんなことで強くなれるなら、苦労はない。

昔、俺も試してみたが効果はなかった。

「魔石は結晶化しているからな。安定しすぎている。食べてもそのままお尻から出るだけだぞ」

「そうなのね……」

そんなことを話している間、ガルヴは嬉しそうに俺たちの周りをぐるぐる回っていた。

しばらくして、はしゃぎまくっていたガルヴが、急に大人しくなる。

そうして俺の近くの地面に伏せた。

「……ガルヴ。疲れたのか？」

「がうー」

思いっきり遊ぶのはいいことだ。

だが、疲れて動けなくなるまで遊ぶのはやめてほしい。

これから、屋敷まで帰らなければならないのだ。

「ガルヴ。帰りの分の体力も考えないとダメだぞ」

「がう！」

ガルヴは一声吠えると、立ち上がって後ろから両前足を俺の肩に乗せる。

「言っておくが、背負ってやらないからな」

「がう？」

ガルヴは尻尾(しっぽ)を振って、首をかしげていた。

「セルリス。ガルヴが疲れたみたいだし、帰ろうか」

「そうね。ガルヴ、競争よ」

「がうっ？」

急にセルリスが駆けていった。

不意を突かれた形になったガルヴも懸命に追っていく。

「ガルヴ、まだ走れるんじゃないか」

そうつぶやいて、俺も軽く追いかける。

ガルヴは息切れしているので、セルリスといい勝負をしていた。


屋敷に戻ると、シアとタマが出迎えてくれた。

「おかえりなさいであります！」

「わふわふ！」

「ただいま。ミルカたちは？」

「まだお勉強中でありますよ」

勉強熱心なのはいいことだ。あとでフィリーにお礼を言わなければなるまい。

ガルヴに水を用意しながら、シアに尋ねる。

「シア、冒険者ギルドに行ってきたのか？」

「はい。緊急性のあるクエストはなかったでありますよ」

「水竜の集落防衛が始まるのがいつからかわからないから、今は受けにくいわよね」

「そうであります」

シアもセルリスも水竜集落の防衛を手伝ってくれるらしい。

「がう」

「どうした、ガルヴ？」

水を飲み終わったガルヴが、後ろ足で立ち上がって、俺の顔を舐めてくる。

何かを伝えたいのだというのはわかる。

「水が足りないのか？」

「……がう」

「お腹が減ったのか？」

「がう！」

尻尾の揺れが加速した。

「そうか。そろそろお昼ごはんの時間だな」

ミルカが勉強中なので、俺が用意しなければなるまい。

「少し待っててくれ。食べ物を調達してくる」

「わたしも手伝うわ」

「助かる」

「あたしも手伝うでありますよ！」

「シアも悪いな」

タマとガルヴに留守番をしてもらって、食糧を買いに行く。

できあがっている食べ物を買おうと思っていたのだが、セルリスは食材を買いたがる。

「折角だし！　作ったらいいと思うわ」

「そうか。まあ、それでもいいか……」

ガルヴがお腹をすかせていたが、少しぐらいなら待てるだろう。

そうして、俺たちは食材を買って、屋敷に戻った。

「がう！」

「ガルヴ、待ってなさい」

「がう……」

ガルヴは明らかにがっかりしていた。食べられる物を買ってくると思っていたのだろう。

そんなガルヴの横でタマはきちんとお座りしていた。

「さて、頑張って、お昼ご飯を作りましょう！」

セルリスは張り切っていた。

俺とシアもセルリスを手伝い、昼食を調理していく。

俺はガルヴとタマ、そしてゲルベルガさまの分のご飯も作る。

その間中、ずっとガルヴは周りをうろうろしていた。

しばらくして、料理が完成に近づき、いい匂(にお)いが漂い始めた頃。

「あっ、忘れていたんだぞ！」

慌てた様子でミルカがやってきた。

「気にしなくていい。それで、勉強は終わったのか？」

「うん。ちょうど終わったところなんだ」

そう言って、セルリスの方に行く。

「セルリスねーさん、申し訳ないぞ」

「気にしなくていいわ。勉強は大事だもの」

それから、セルリスの作ってくれた料理を皆で食べた。

獣たちもご飯を勢いよく食べていた。

獣たちのご飯を担当した俺としてはとても嬉しい。

特にガルヴは、勢いよく食べる。運動した分お腹がすいたのだろう。

「フィリー。勉強を教えてくれたみたいだな。ありがとう」

食事中、俺はフィリーにお礼を言った。

「うむ。教え始めるのは早い方がいいからな！」

「ミルカたちは、どうだった？」

「そうだな。三人とも飲み込みが早い。優秀な生徒だ」

フィリーに褒められて、ミルカ、ニア、ルッチラは照れていた。

「昼ごはんの準備、忘れていてすまなかったぞ」

「それは気にするな。授業を優先しろ」

「いいのかい？」

「いいぞ。俺がいれば俺が用意するし、俺がいない時は、授業が終わってから、食べ物を買いに行ってもいい」

「我も一緒に買いに行こうではないか！」

フィリーもそう言ってくれるが、フィリーは昏き者どもに狙われている。

俺はその点を説明して、自重を求めておいた。

「がふー」

ふと横を見ると、ガルヴがあおむけで眠っていた。

お腹が丸出しである。

お腹がいっぱいになったら、眠くなったのだろう。

そんなガルヴを見てセルリスが優しく微笑む。

「疲れていたのね」

「ガルヴはまだ子供だからな」

人族だったら、毛布でもかけてやるところだが、ガルヴは狼だ。

毛布をかけたら暑いかもしれない。

「ここ？」

「がふぅ」

眠っているガルヴにゲルベルガさまが近づいたので、抱きかかえる。

「しばらく寝かせておいてやろう」

「ここ」

ゲルベルガさまも、少し眠そうに目をつぶった。

タマもフィリーに撫でられて、眠そうにしていた。

獣たちはお昼寝の時間なのかもしれない。

そんなゆったりとした空気が流れる中、

「ただいまなのである！」

玄関からケーテの大きな声が聞こえてきた。

ケーテの声が響くと、ガルヴがびくっとして飛び起きた。

「がうー」

「ガルヴ、寝ててもいいぞ？」

「がう！」

「床じゃなくて、長椅子で眠った方がいいんじゃないか？」

「がーう？」

ガルヴは、ゆっくりと居間の長椅子まで歩いていく。

そして、横になると大きなあくびをした。

そこにケーテが入ってきた。

「む？　お昼ご飯を食べていたのであるか？」

「そうだぞ」

「ケーテ、お昼ごはんはもう食べたか？」

「まだ食べていないのだ」

そう言った瞬間、ケーテのお腹がぐーっと鳴った。

「ケーテも食べるといい」

「よいのか？」

「ああ」

「ありがたいのである！」

それからケーテも混ざって一緒に昼ご飯を食べた。

食後、昼食の後片付けを済ませて居間に行くと、ガルヴの横にケーテが座っていた。

ガルヴは警戒心もなく、お腹を出して眠っている。

「がぁうー」

ガルヴはいびきをかいていた。

少し前まで、ケーテに怯えていたのが嘘のようだ。

「ガルヴは可愛いのである」

そう言って、ケーテは眠っているガルヴのお腹辺りを撫でている。

ガルヴが起きる気配はない。

「ガルヴも随分ケーテに慣れたな」

「ケーテはよい竜なのである。それがガルヴにも伝わったのであろうな」

俺もケーテの隣に座る。

「ケーテ、今日も遺跡を巡回してきたのか？」

「うむ。今日も平和であった」

「それならよかった」

「よいとも言い切れないぞ」

フィリーの声が後ろから聞こえる。

俺が振り返ると、フィリーとタマが立っていた。

「フィリー。どういうことだ？」

俺はフィリーに向かいの長椅子を勧めながら言った。

フィリーとタマは、一緒に俺の向かいの長椅子に座る。

タマはフィリーの横に行儀よくお座りした。

お腹を丸出しにしていびきをかいているガルヴと正反対だ。

「もしかしたら……。遺跡を荒らす必要がなくなったということなのやもしれぬ」

「もう必要な魔道具や装置を集め終わったってことか？」

「うむ。可能性はある」

「だが、この辺りの遺跡はすべてケーテが見張っておるのだ」

「遠くの竜族の遺跡を漁ったのかもしれぬし……もしかしたら竜族以外の遺跡を漁ったのかもしれぬ」

「むむう」

ケーテは真面目な顔で呻く。

尻尾の先が円を描くようにして、揺れていた。

「フィリーの言う通りかもしれないな」

「であろ？」

「実際、愚者の石の量産化に成功していそうな気配もあるしな……」

「フィリーが懸念を抱いているのは、ロックさんたちが遭遇したという魔装機械の数なのだ」

フィリーの言う通りだ。

愚者の石か賢者の石。そのどちらかが魔装機械の製造には必要だとドルゴは言っていた。

だから、俺たちは魔装機械を製造することをあきらめたのだ。

だが、昏き者どもは五十機を風竜王の宮殿近くに配備していた。

「風竜王宮殿近くに配備する魔装機械など、優先順位は低いと思うのだが、ロックさんはどう思う？」

「確かにそうだな。愚者の石を使って作るものなら、昏き神の加護や呪いを溜めるメダル、神の加護を破るアイテムの方が重要に思える」

「なるほどー。そうかもしれぬのだ」

ケーテも感心しながら聞いている。

「水竜たちを生贄にすれば、昏き者どもの目的は果たされる。そんなところまで来ているのかもしれぬ」

「昏き者どもの計画が順調に進んでいる可能性が高いということだな」

「怖いことであるなー」

ケーテはうんうんとうなずいていた。

「そういえば、フィリー。自分のことを我って呼ぶのをやめたのか？」

先程から、フィリーは自分のことをフィリーと呼んでいる。

「わ、悪いのか？」

フィリーは顔を真っ赤にした。

「いや、まったく悪くない。少し気になっただけだ」

「母上に……我だと可愛くないと言われてな……」

「そうか。確かにフィリーって呼ぶ方が可愛いかもしれないいな」

そう言うと、フィリーは照れていた。

そこで、ケーテが声を上げる。

「えっ？」

「ケーテ、どうした？」

「我って、可愛くないのであるか？」

「いや、別にそういうわけではないぞ？」

「我が、自分のことを我って呼ぶのは、やめた方がいいのであるか？」

「いやいや、ケーテが我と呼ぶのは可愛いと思うぞ」

「ふむ？　そうであるかー。人族の感性は難しいのだなー」

その時、呼び鈴が鳴った。

「おれが出るぜ！」

ミルカが走っていく。

「知らない人だったら開けなくていいからな」

「わかってるー」

そして、やってきたのはドルゴだった。

ドルゴも、ケーテと同じく、門を開けることができるように設定してある。

それでも、呼び鈴をわざわざ鳴らしてくれたのだ。

さすがは、ドルゴ。とても礼儀正しい。

「ロックどの、お邪魔いたします」

「よくおいでくださいました」

フィリーとタマが立ち上がって、近くの別の長椅子に移る。

そうして空いた席をドルゴに勧めた。着席してから、ドルゴは言う。

「ケーテ、また来ていたのか」

「我だけじゃなく、父ちゃんだって来ているではないか！」

「まあ、それはよい」

そして、ドルゴは俺の方を見た。

「水竜たちと話を進めてまいりました」

「どういう首尾に？」

「ぜひ、ロックさんにお願いしたいと」

「それならよかったです」

竜族の誇りに懸けて、人族の手は借りないとか言われなくてよかった。

これで、水竜の集落の防衛に注力できるというものだ。

それにしても、ドルゴは仕事が早い。

俺を王都まで送り届けた後、水竜と話をつけて戻ってきたのだ。

移動速度もさることながら、話し合いをまとめるのも早いらしい。

「ここまで話がまとまるのが早いとは思いませんでした」

「ラックさんのお名前を出せば、すぐにまとまりますよ」

ドルゴがお世辞を言ってくる。

ケーテも嬉しそうだ。

「さすがはロックであるな。父ちゃんもさすがなのである！」

娘に褒められて、ドルゴもまんざらでもなさそうだ。

「早速明日にでも、水竜の集落に向かわせていただきますね」

「そうしていただけると助かります」

「我が送っていくのである！」

ケーテが張り切っている。

そんなケーテにドルゴが言う。

「まあ、ケーテ、待つのだ」

「む？　父ちゃんが送っていきたいとか言うのであるか？　今朝乗せたのであろう？　次はケーテの番である」

「そうではない」

「なに？　では、どういうことなのだ？」

「そもそも乗せる必要がないかもしれぬ」

「むぅ？」

ケーテの尻尾が円を描くように揺れ始めた。

「ラックどの、実はこのようなものを用意したのですが……」

そう言いながら、ドルゴは鞄(かばん)から金属製の板を取り出した。

高さは人の身長ぐらいあり、横幅は肩幅よりも少し広いぐらいの大きさだ。

「それはいったい？」

「転移魔法陣を刻んだ魔道具です」

「なんと」

「私が作りました」

「さすが父ちゃん！」

ケーテの中で、ドルゴの株が急上昇した。

昏き者どもの転移魔法陣を見て、ケーテは見覚えがあると言っていた。

竜族はいわば転移魔法陣の本家。ドルゴが使えてもおかしくはない。

「それはすごい……。ちなみに、これはどこに？」

「水竜の集落につながっています」

「すごく便利ですね」

「はい。ラックさんが王都を長く離れれば、王都の防備がおろそかになりかねませんから」

ドルゴは気を使ってくれたようだ。

とても助かる。これで王都の防衛も水竜の防衛も両方できそうだ。

ドルゴはさらにもう一枚金属の板を、申し訳なさそうに取り出した。

「そしてこれは――風竜王の宮殿につながっている転移魔法陣です」

「おお、それも便利であるな！」

ケーテは、申し訳なさそうなドルゴと対照的だ。

ケーテの尻尾は縦に揺れていた。喜んでいるようだ。

「風竜王の宮殿につながる魔法陣はご迷惑かもしれませんが……」

ドルゴはすまなさそうに恐縮しながら言った。

「なぜ、迷惑なのであるか？」

だが、ケーテは首をかしげている。

俺の屋敷に転移魔法陣をつなげたら、ケーテが入り浸る可能性がある。

だから、ドルゴは申し訳なさそうにしているのだ。

「風竜王の宮殿につながる魔法陣も助かります。ありがとうございます」

「うむうむ。いつでも手伝いに来るのであるぞ」

ケーテは嬉しそうにしている。

一方、ドルゴは険しい表情のままだ。

「ラックさん。転移魔法陣は便利です。ですが、注意点もあります」

「と、おっしゃいますと？」

「風竜王の宮殿、もしくは水竜の集落が敵の手に落ちれば、この屋敷にも敵が押し寄せることになります」

「それは……確かにそうですね」

「丸ごと敵の手に落ちるまではいかなくとも、向こうの魔法陣部屋に侵入を許すだけで、こちら側に敵が侵入できるようになります」

ドルゴの言う通り、何者かがこっそり転移魔法陣部屋に忍び込む可能性もあるのだ。

つまりは敵の侵入経路が増えるということ。

「なるほど、警戒した方がいいですね」

「はい。そのリスクを考えれば、転移魔法陣の設置は本来慎重であるべきなのです」

「わかりました。充分気を付けましょう」

「私が言える立場ではありませんが、くれぐれもご注意ください」

俺は少し考える。

「となると、こちら側の魔法陣部屋をどこに置くべきか、慎重に考えないといけませんね」

「それがいいかもしれません」

どこに設置するのがいいだろうか。

現状、機密的なものは地下の秘密部屋に固めてある。

秘密通路への入り口も、フィリーの研究室も全部地下の秘密部屋の近くだ。

真剣に考えていたケーテが言う。

「うむ。やっぱり地下通路あたりに置くのがいいと思うのである」

「いや、万が一、侵入を許したとき、そのまま王宮にまで侵入されたら困る」

「なるほど。それもそうであるなー」

「一階の空き部屋を、一つ使うか」

一階の部屋にしても、窓から侵入されても困る。壁をぶち抜かれても困る
魔法的防御をがっちり固めた方がいいだろう。

とはいえ、外から魔法防御でガチガチに固めていることがばれるのもよくない。

「ふむー。慎重に部屋を整えるべきだな」

俺はしばらく考えて、方針を決めた。

外から見えない部屋を作ればいいのだ。

それには地下が一番いい。とはいえ王宮との秘密通路とはつなげたくない。

ならば、秘密通路とは離れた位置に新たに地下室を作ればいいだろう。


俺は一階の空き部屋に向かう。

そして、その床を魔法で切り取り、露出した地面を魔法で掘った。

「ここに設置しましょう」

「なるほど。それはいいですね」

ドルゴも賛成してくれた。

俺は魔法で防御を固めていく。念には念を入れてガチガチに固めた。

そして、くりぬいた床をそのまま扉にして完成だ。

「ドルゴさんとケーテさんも開けられるように登録しておきますね」

「ありがとうございます」

「助かるのである！」

あとでエリックやゴランも開けられるようにしておかなければなるまい。


夕方になり、エリックとゴランがやってきた。

即座にミルカがエリックに尋ねる。

「ゴランさんは、当然食べるとして、エリックさん、夕ごはんは食べていくかい？」

「いや、折角なのだが……」

どうやら、エリックは妻のレフィに食べすぎだと怒られたらしい。

俺の屋敷でも夕ごはんを食べ、王宮でも食べるのは確かに食べすぎだ。

ただでさえ、国王であるエリックには会食という仕事もあるのだ。

「レフィは怒ると怖いからな……」

「ああ……そうだな」

俺がつぶやくと、ゴランもうなずいた。

レフィは元パーティーメンバーだ。恐ろしさは知っている。

「だが、エリック。食べた分、動けばいいいんじゃないか？」

「俺もそう思うのだがな……レフィはだめだと言うのだ」

「じゃあ、お茶でも淹れるぞ！」

「ありがたい」

それから俺はエリックとゴランを魔法陣部屋に連れていく。

「ここはいったいなんだ？」

「新しく作った転移魔法陣部屋だ」

「ほほう。どこにつながっているんだ？」

俺はエリックとゴランに転移魔法陣の説明をする。

ついでに、二人の鍵の登録も済ませておいた。

ドルゴが真面目な顔で言う。

「もし、風竜王の宮殿や水竜の集落が落ちた場合は、リスクがあります」

「そうでしょうね」

エリックはうなずいた。

「エリック王陛下への相談が遅くなってしまって申し訳ございません」

「気にしないでください。風竜王の宮殿にはロックの魔法防御がかかっていますからね。それに水竜の集落はこれからロックが守るところですし」

それを聞いて、ドルゴは微笑む。

「エリック陛下はロックさんのことを信用なさっているのですね」

「もちろんです。ロックの魔法防御を破る相手なら、そもそもの対策を根本的に改める必要がありますし」

風竜王の宮殿の防壁を破れる敵ならば、そもそも存在自体がやばい。

それだけの力があれば、転移魔法陣など使用せずとも、王都に直接攻め込めるだろう。

神の加護はあるが、加護の外から攻撃する方法もあるのだ。

「水竜の集落から、ロックがすぐに戻ってこられるのは助かるな」

「ああ、心強い」

ゴランとエリックも喜んでいた。

それから軽く打ち合わせをする。

ドルゴが言うには、水竜の集落には明日出向いてほしいとのことだった。

「我も同行するのである！」

「あたしも同行したいのであります！」

「私も……」

「ロックさん！　パパ！　私もぜひ連れていってください」

ケーテ、シア、ニア、セルリスが同行の意思を示した。

特にセルリスは真剣な表情だ。

「うーん。そうだな……」

悩ましい。人手は必要かもしれない。

だが、敵は水竜の集落に攻め込んでくるほどの戦力だ。

恐らく昏竜（イビルドラゴン）やヴァンパイアロードなどが中心だろう。

ケーテはともかく、その他のメンバーがそれらを相手に活躍できるだろうか。

「うーむ」

ゴランも悩んでいる。

「お、皆も来てくれるのであるな。嬉しいのであるぞ！」

だが、ケーテはニコニコして、全員の同行を許可した。

あっさり許可されて、セルリスが驚く。

「え？　いいのかしら？」

「よいぞ？」

ケーテはいいと言うが、本当にいいのだろうか。

俺は一応ドルゴにも確認することにした。

「ドルゴ先王陛下。どうでしょうか？　大勢で押しかけたら、水竜の皆さんのご迷惑になりませんか？」

「いえいえ、構わないと思います」

「そうですか。それならよかったです」

そうして、セルリスとシアとニアも同行することになった。

ニアはフィリーの授業があるので、初日以外は午後からの参加とすることにした。

転移魔法陣の設置で、移動が簡単になったおかげだ。

第四章

次の日、朝食の後、俺(おれ)たちは水竜の集落に向かった。

初日ということで、エリックとゴランも同行する。

エリックとゴランは普段は防衛に参加できないが、水竜には挨拶(あいさつ)する必要があるからだ。

当然といった表情で、ガルヴもついてきた。

転移魔法陣をくぐると、とても広い部屋に出る。

石造りの立派な部屋だ。

「お待ちしておりまいた」

可愛(かわい)らしい幼女が目の前にいた。

幼女は挨拶を噛(か)みながら、ぎこちない所作で頭を下げた。

年の頃は、エリックの十歳の長女シャルロットぐらいに見える。

ケーテとドルゴにそっくりな太くて長い尻尾(しっぽ)があり、頭に角が生えていた。

竜族なのだろう。

「はじめまして。水竜の王太女リーア・イヌンダシオです」

リーアは緊張しながら自己紹介してくれた。

水竜には王はいないとドルゴから聞いている。まだ幼く即位できない王太女なのだろう。

次にドルゴが俺たちを紹介してくれた。

「こちらが、メンディリバル王国国王、エリック・メンディリバル陛下です。こちらがゴラン・モートン卿、冒険者ギルドの……」

ドルゴは一人一人、丁寧に紹介してくれる。

それに対してリーアも、緊張しつつも丁寧に挨拶を返していく。

だが、なぜかドルゴは俺をなかなか紹介してくれない。

年齢的に、エリック、ゴランの次ぐらいに紹介してくれてもいいと思う。

セルリス、シア、ニア、ガルヴの紹介が終わって、ついに俺の番になる。

「そして、最後になりましたが、この方が、偉大なる大賢者にして、我々の救世主、偉大なる最高魔導士、ラック・フランゼン大公閣下です」

ドルゴの紹介には「偉大なる」が二回入っていた。

ギルドの称号では、大賢者の前に「偉大なる」は入らなかったはずだ。

ドルゴのアレンジだろうか。勝手に「偉大なる」を増やすのはやめてほしい。

「あ、あなたがラックさまですか！」

リーアが駆け寄ってくる。

「お、お会いできて光栄です」

「王太女殿下、よろしくお願いいたします」

王太女の尻尾が上下に揺れていた。

ケーテがどや顔で言う。

「リーア、我がラックと友達になって、その縁で水竜の防備を頼んだのであるぞ！」

「陛下。リーア王太女殿下とお呼びください」

すかさずドルゴがケーテをたしなめる。

ケーテの口調から言って、普段から仲がいいのかもしれない。

「す、すまぬ」

ケーテが頭を下げる。

だが、リーアはよくわかってなさそうだ。微笑みながら首をかしげていた。

ケーテは風竜王だが、リーアも水竜の王太女なのだ。

人族で言うところの、他国の王族同士みたいなものなのだろう。

それでも、俺たちの見ている前ではそれなりの作法がいるに違いない。

特に俺たち側にはメンディリバル国王エリックがいるのだ。外交儀礼が大切なのかもしれない。

とても面倒なので、誰でもいいからフランクに話していいよと言ってほしいところだ。

だが、一臣下に過ぎない俺から、切り出すわけにはいかない。

俺はエリックをちらちら見る。

こういう時に口を出せるのは王族の皆様だ。

「……？」

だが、エリックは俺の視線の意図に気付かない。ニコニコ笑っている。

エリックは役に立たないようだ。

次にケーテをちらりと見た。

だが、ケーテは叱られたばかり。期待できない。

しかし、ケーテは俺の視線を受けると、力強くうなずいた。

「……！　うむ、わかったのである」

「陛下？」

急にうなずき始めたケーテを見て、リーアが戸惑っている。

「王太女殿下！　我と殿下の仲である。それにエリック陛下も友達だしな！　ラックも友達なのだ」

「……はい」

リーアは少し戸惑っている。

「堅苦しい儀礼はなしにしようではないか！」

「っ！」

ケーテの言葉に驚いた。

なんと、ケーテは俺の視線の意味をしっかりと読み取ってくれていたのだ。

「……陛下」

ドルゴがたしなめようとしたが、それより早く、リーアが言葉を続ける。

「はい、ケーテお姉さま。嬉しいです！」

「そうであろう、そうであろう！」

そして、ケーテはドルゴを見て、どや顔をした。

「ドルゴよ！　リーア王太女殿下もこうおっしゃっておるのだ！」

「……ですが」

「エリックもその方がよいであろう？」

「はい。そうですね」

エリックもいつものように微笑んでいる。

それを受けて、またケーテはどや顔をした。

「なっ？」

「陛下のご随意に……」

「むふふ」

外交儀礼を重んじるドルゴをケーテが押し切った。

ケーテとドルゴのやり取りを見ていたリーアもほっとしたようだ。

リーアもまだ子供。堅苦しいのは苦手(にがて)なのかもしれない。

「ラックさま、ラックさま」

「どうなされました？」

「わたしのことは是非リーアとだけ呼んでください！」

「ですが……」

さすがに、呼び捨ては抵抗がある。

それでも、リーアは寂しそうに言う。

「だめですか……」

王太女とはいえ、十歳ぐらいの幼女にそう言われたら断りにくい。

「わかりました。リーア。それではわたくしのこともラック、もしくはロックとだけお呼びください」

「ありがとうです！　ラック！」

とはいえ、さすがに臣下の前で、王太女を呼び捨てにはできまい。

竜の文化ではどうかは知らないが、人族の文化ではそういうものだ。

「ラック、どうぞこっちに来てください。集落と宮殿を案内します」

リーアは俺の手を取った。

「皆さまも、こちらにどうぞ！」

そう言って、リーアは歩きだした。

そのまま俺たちは転移魔法陣の設置されている大きな部屋を出た。

するとそこは広くて長い、石造りの廊下だった。

「大きいですね」

「水竜たちが暮らしている場所ですから」

竜は大きい。だから生活の場も大きいのだろう。

「すごいであります」

「広いわね」

シアとセルリスも驚いている。

「がうー」

ガルヴは匂いをふんふんと嗅ぎまくっていた。

心配になる。念のために釘を刺しておこう。

「……ガルヴ。ぜったい用を足すなよ？」

「がう」

ガルヴはわかっているのかいないのか、勢いよく尻尾を振っていた。

「ここは水竜の宮殿の近くにある、今は使っていない建物なのです」

「なるほど」

俺も興味深くて、周囲を見回した。

広いだけでなく精巧だ。柱一本、壁一枚に至るまで高い技術がつぎ込まれている。

俺が感心していると、ケーテが言う。

「ラック。魔法陣部屋に魔法をかけなくてよいのであるか？」

「あ、確かに。早い方がいいな。リーア、魔法陣部屋に魔法的防御をかけてもいいですか？」

「はい。お願いします！」

リーアの許可をもらったので、俺は魔法で防御を固めておく。

「すごいです！」

リーアが俺の魔法を見て感動していた。

「平凡な魔法ですよ」

「平凡な魔法でもすごいです！　さすがラックです。この目でラックの魔法を見られるとは」

「であろー？　ラックはすごいのであるぞー」

なぜかケーテが胸を張っていた。

俺は魔法陣部屋の壁、床、天井に魔法をかける。

これにより、簡単には破壊されることはないだろう。

それどころか、たぶん隕石が降ってきても大丈夫なはずだ。

「鍵の登録も済ませておきましょう」

風竜王の宮殿では、ドルゴを締め出してしまった。

忘れないうちに、この場にいる者を鍵に登録して開けられるようにしておいた。


その後、俺たちは魔法陣部屋のある建物を出て宮殿に向かうことにした。

建物を出ると、ドラゴンがたくさんいた。五十頭ぐらいいそうだ。

青っぽい色の立派なドラゴンが多い。

「が、がう」

驚いたガルヴが俺の後ろに隠れる。

「やはり、普段はドラゴンの姿なのですね」

そう問いかけると、ゆるゆるとケーテが首を振る。

「そもそも、人の姿をとれるのは、竜の中でも王族ぐらいなものなのであるぞ」

「そうなのか」

「竜にも色々あるのである」

そう言いながら、うんうんとケーテはうなずいた。

俺はドラゴンたちを見た。全員がきちんと整列しているようだった。

王太子リーアの前ということで、緊張しているのだろう。

「殿下！」

先頭にいたドラゴンが声を上げた。

特に大きな立派なドラゴンだ。

「どうしたの？」

リーアが可愛らしく首をかしげる。

「そのお方が、大賢者にして、我々の救世主、偉大なる最高魔導士ラック・ロック・フランゼン大公閣下でございますか？」

立派なドラゴンはリーアの隣にいたエリックを俺と勘違いしたようだ。

「ちがうの。この方はエリック陛下なのよ」

「……そうでありましたか。これは失礼いたしました」

立派なドラゴンはそう言うと、エリックに向かって頭を下げた。

「かの御高名なる勇者王陛下にお会いできて光栄です。私はモーリス。侍従長をさせていただいております」

「エリック・メンディリバルです。よろしくお願いいたします」

「水竜の防衛に手を貸して下さるとのこと、まことにありがとうございます」

侍従長モーリスは丁寧にエリックに応対する。

だが、その後ろにいる者たちは、多少がっかりしているようだった。

エリックが弱そうに見えてがっかりしたのかもしれない。

それでも、実際に戦っているところを見さえすれば、恐らく評価を変えるだろう。

「殿下！　あの！」

侍従長モーリスの後ろにいた者が声を上げる。

「これ！　リーア殿下、勇者王陛下や風竜王陛下の御前である。控えよ」

侍従長モーリスがたしなめた。

「……はい。失礼いたしました」

しょんぼりしている。

「どうしたの？」

リーアが優しく声をかける。

声をかけられた水竜の尻尾が縦に揺れた。

「はい。殿下。あの大賢者にして、我々の救世主、偉大なる最高魔導士ラック・フランゼン大公閣下は、今日はいらっしゃっておられないのですか?」

「ラックさまなら、こちらの方です」

リーアがニコニコ顔で俺を紹介した。

「「「おぉぉ～っ」」」

水竜たちがどよめいた。

「大賢者にして、我々の救世主、偉大なる最高魔導士ラック・ロック・フランゼン大公閣下。私、リーア殿下の侍従長をつとめているモーリスという者です。お会いできて光栄です」

改めてモーリスに自己紹介された。

俺はモーリスの右手の人さし指の先を握って握手する。

「こちらこそよろしくお願いいたします」

そう言って握手をし終えると、モーリスを押しのけるようにして水竜たちが前にどんどん来た。

「大賢者にして、我々の救世主、他の最高魔導士ラック・ロック・フランゼン大公閣下! お会いできて感激です」

「大賢者にして、我々の救世主、偉大なる最高魔導士ラック・ロック・フランゼン大公閣下、水竜の集落の防衛に手を貸してくださるとのこと、ありがとうございます!」

「大賢者にして……」

「あのっ!」

そこまで聞いたところで、俺は水竜たちの言葉を遮(さえぎ)った。

水竜たちが一斉に首をかしげる。少し可愛いと思ってしまった。

「あの、大賢者うんぬんは長いので、この後はただ、ラック、もしくはロックとお呼びください」

水竜たちに押しのけられていた、侍従長モーリスが言う。

「そ、そんな！　大賢者にして……」

また長い名前で呼びかけはじめた。

「いえ、本当に長いので、いざ戦闘というときに、名前を呼ぶだけで時間がかかるようでは困ります」

「な、なるほどー」

「さすがだ」

「深謀遠慮、感服いたしました」

水竜たちがなぜか感心している。

尻尾の上下の揺れ具合がすごい。

「あ、あの！　ラックさま。握手していただいても？」

「あ、ずるいぞ！　私も」

「みなの者。順番に並ぶのである」

なぜか水竜の前にケーテが立って、仕切り始めた。

大人しく水竜たちが俺の前に並ぶ。

「ラックさま、お会いできて光栄です！」

俺は順番に水竜たちと握手していった。

最後尾
60分まち

「長い間話したいのはわかるが、次が控えているのであるぞ。握手が終わった者は、場所を空けるがよいぞー」

ケーテはその後も列の整理をしてくれた。

俺が握手をしている間、ドルゴがみんなにゴランたちのことを紹介し始めた。

待機列と握手の終わった者たちに向けて、みんなのことを手際よく紹介してくれている。

時間の節約になるのでいいことだと思う。

どうやら、エリックだけでなくゴランも水竜たちに名前を知られているらしかった。

「……可愛い」

「もしかして霊獣の狼(おおかみ)どのか？」

「がうー」

一方その頃ガルヴは、俺との握手を終えた水竜たちに囲まれていた。

水竜たちが大きいから怖いのだろう。最初ガルヴの尻尾は股(また)の間に挟まっていた。

「……可愛い」

「狼どの、これお食べになりますか？」

「がうがう」

だが、俺の握手が終わった頃には、ガルヴは水竜と仲良くなったようだった。

水竜たちからおやつをもらい撫(な)でられ、嬉しそうに尻尾を振っていた。

「もう、握手していないやつはいないのであるなー？」

「ありがとうございました！」

ケーテが尋ねて、水竜たちが頭を下げる。

五十頭の水竜と握手を終えた頃には、一時間ほど経過していた。

「いえいえ、これからどうぞよろしくお願いいたします」

それから、俺たちはリーアとともに水竜の宮殿に入った。


「ラック、水竜たちがごめんなさい」

宮殿に入るとすぐに、リーアに謝られた。

リーアの隣にいる侍従長モーリスも恐縮している。

「年甲斐もなく、お恥ずかしい」

「いえいえ、気にしないでいいですよ」

水竜たちと最初から友好的な関係を築けたのはよかった。

全員と顔見知りになれたのも、今後にとってプラスだ。

単にラックと呼んでくれと言ってから、水竜たちも堅苦しさが取れた気がする。

それにつれて、リーアも子供らしい口調になった。

今まで無理をしていたのだろう。

「やはりロックは人気者であるなー」

「さすがだな」

「ああ、大したもんだ！」

ケーテ、エリック、ゴランがそんなことを嬉しそうに言っている。

「水竜さんたちは、迫力があったわね。ね、シア」

「そうでありますね。あれだけドラゴンが集まると迫力が違うであります。ニアはどう思ったでありますか？」

「緊張しました」

「がーうー」

そう言うニアの顔をガルヴがぺろぺろしていた。

ガルヴの尻尾はビュンビュン揺れている。もはや緊張している様子がまったくない。

最初尻尾を股に挟んでいたとは思えない。

「ガルヴ、竜に慣れたんだな」

「がう？」

ガルヴは首をかしげて、尻尾を振っていた。

リーアが、ガルヴを撫でながら言う。

「みんな、はしゃいじゃったみたい」

「やはり、ラックさんは特別ですからな」

侍従長モーリスまでそんなことを言う。

「生ラックを見られたのだから、仕方ないのである」

ケーテもうんうんとうなずいていた。

「リーア殿下。娘の言う通りです。風竜でもああなりますよ」

ドルゴもケーテに賛同していた。

「あ、そうだ！　ラック、お部屋！　お部屋をご用意したのよ」

「お部屋？」

「ラックがこっちに来たときに、お泊まりするお部屋！」

「それはありがたい」

好きに使える部屋があると何かと便利だ。

「こっちなの、こっち」

リーアは楽しそうに、俺の腕を引っ張っていく。

尻尾が元気に揺れていた。

「このお部屋を使ってほしいの」

そう言ってリーアが案内してくれたのは、宮殿の奥の一室だった。全員でお邪魔する。

そこは竜の大きさ基準ではなく、人の大きさ基準で作られた部屋のようだった。

家具の類いは、すべて人が使いやすいサイズになっている。

しかし、部屋そのものはかなり広い。そして、天井が高い。

「ラック、どうかしら？」

「立派で、綺麗な部屋ですね。それに広いです」

「よかった！」

リーアは嬉しそうだ。

「がうがう！」

ガルヴが部屋の中を楽しそうに走り回った。

ガルヴが走れる程度に充分広いのだ。

具体的には一辺が成人男性の身長三十人分ぐらいありそうだ。

ちなみに、天井は部屋の一辺の長さよりさらに高い。

「ひょっとして、この広さで一人用なんですか？」

「もちろんでございます」

侍従長モーリスが言った。

「立派な部屋をありがとうございます。それにしても広いですね」

だだっ広い空間にはベッドが一台だけ置かれていた。

壁を見れば収納などもあるようだが、広すぎてそこまで移動するのが大変だ。

俺が部屋を眺めていると、ケーテが俺の腕をつつく。

「ロックよ。竜の宮殿にある人間サイズの部屋ということは、つまり王族用ということである」

「ああ、だから広いのか」

人の形になれる竜は王族だけだ。

「竜の王族が、寛（くつろ）いで竜の姿に戻れるようにしてあるのか」

「そうであるぞ。竜の姿で出入りしたい場合はあっちの扉を使うのだ」

ケーテが壁を指さす。その先をよく見たら扉があった。

あまりに大きな扉なので、言われるまで壁だと思っていた。

王族は竜の姿では、普通の竜よりも大きいことが多い。

それゆえに、部屋も広くて扉も大きいのだろう。

「がうがう」

どや顔のケーテの周りをガルヴが回る。

「ガルヴ。俺以外に飛びついたらダメだと言ったが、ケーテとエリックとゴランにも飛びついていいぞ」

「がう！」

ガルヴが、嬉しそうにケーテに飛びついた。

「よーしよしよし」

ケーテが嬉しそうにガルヴを撫でる。

人の姿をしていても竜。ガルヴの飛びつきを受けとめるぐらい余裕なのだ。

「ケーテ、随分この部屋に詳しいんだな」

「小さい頃、我もよく泊まったのである」

恐らく王族同士の交流というのがあるのだろう。

「ラック、ラック！」

リーアがそう言って俺の腕を摑む。

「どうしました？」

「リーアの部屋はとなりなの！」

「なるほど、そうなのですね」

「いつでも遊びに来ていいのよ」

「ありがとうございます」

部屋を眺めながら、セルリスが言う。

「とても広いわね。私たちもこの部屋に泊めてもらうことにすればいいかしら」

「そうでありますね！」

セルリスたちの会話を聞いていた侍従長モーリスが言う。

「皆様のお部屋もご用意しています」

「え？　人数分もこんなに広い部屋があるのでありますか？」

「申し訳ありませぬ。勇者王陛下とラックさま以外の部屋は……その、誠に申し訳ないのですが、これほど広くはなく」

侍従長モーリスは恐縮している。

だが、俺としてはそっちの狭い部屋の方が過ごしやすい気がする。

「うーん。そうだなー。管理が面倒だし、この部屋をみんなで使う方がいいかもしれねーな」

「確かに。その方が便利だな」

ゴランの案にエリックが賛成した。

「それなら、みんなでこの部屋を使えばいいと思うの！」

リーアも嬉しそうに言う。

「ですが……」

侍従長モーリスは困っているようだ。

「リーアもこの部屋を使うー」

「お、一緒であるな！」

モーリスの困惑を知ってか知らずか、リーアとケーテはキャッキャと喜んでいた。

俺の部屋を全員で使うと決めた後、俺たちは宮殿内を案内された。

一応、王族用に人族サイズの施設もあるようで、暮らすのに支障はなさそうだ。

ただ、どの部屋も天井がとても高かった。

「次は集落を案内するの！」

楽しそうにリーアが言う。

リーアはどんどん打ち解けてくれているようだ。口調もさらに柔らかくなった。

子供はこのぐらいでちょうどいい。

「リーアちゃん、水竜の集落って広いのかしら？」

「そうなの！　この宮殿の何十倍も広いのよ！」

セルリスは、ことあるごとにリーアの頭を撫でている。

小さい子が好きなのだろう。

リーアもセルリスに撫でられて嬉しそうにしていた。

仮にも王太子に対して、と思わなくもないが、侍従長もケーテも何も言わない。

恐らく竜族の風習的に大丈夫なのだろう。

「じゃあ、ラック。ついて来てほしいの」

「がうがうー」

リーアはガルヴの背中に乗って走りだす。リーアもガルヴも楽しそうで何よりだ。

そんな元気な姿を見ていると、ただの子供にしか見えない。

嬉しそうに駆けるリーアたちをみんなで追いかけた。

「あ、ラックさま！」

「え？　ラックさまだって？」

宮殿を出ると、たちまち水竜たちが俺たちに気付いた。

ぞくぞくと周りに集まってくる。

「リーアが、お客様をご案内してるのよ」

「そうなんですか」

「さすが殿下、偉いですね」

リーアはみんなに褒められていた。

竜の王族は、雲の上の存在という感じでもないらしい。

「ガルヴちゃんもえらいねー」

「がうがう」

水竜たちに褒められてガルヴも嬉しそうだ。

そのまま、水竜たちは集落案内についてきた。

五十体の水竜を引き連れての移動は落ち着かない。

だが、リーアとガルヴはあまり気にしていないようだった。

「ここが入り口なのよ。この柱の間を通って、出入りするの」

リーアが指さしたのは、間を空けて立っている石造りの大きな二本の柱だった。

巨大な竜、例えばドルゴであっても、間を楽々通れそうだ。

「リーア殿下。質問してもよいでありますか？」

シアが小さく手を挙げて言う。

「だめなの！　リーアって呼んで！」

「で、ですが、臣下の方々の前で……」

シアの戸惑いもわかる。

多くの臣下が見ている前では、俺もエリックを呼び捨てにはしない。

国王には君主としての立場があるのだ。

「気にしなくていいの！　シアはリーアの臣下じゃないもの」

「それは、そうでありますが……」

シアは侍従長モーリスをちらりと見た。

「殿下のおっしゃる通りでございます。みなさまは水竜でもなければ、竜族でもありません」

「そういうものなのでありますか？」

「はい。みなさまは臣下でなく、殿下の御友人でございますれば」

「それでも、水竜のみなさまは、ロックさんならともかく、あたしのようなものが殿下を呼び捨てにしていたら、面白くないと思うであります」

それを聞いていた水竜たちは互いに顔を見合わせていた。

「いや、別に……」

「ああ。別になぁ？」

「もちろん侮辱されたら怒るけども……」

「殿下が許したんだろう？　なら怒る理由がないよな」

「ああ」

そんなことを話していた。

竜族は、人族とは考え方が違うらしい。

いや、人族との間に大きな種族的差異を感じているのかもしれない。

王の可愛がっている犬が王の顔をなめても、怒る臣下はいない。

とはいえ、人族を犬みたいに下に見ているということではないだろう。

俺やエリックたちに対する尊敬の態度を見れば、それはわかる。

ただ、文化の違う者たちだと考えて、自分たちの常識をあてはめないだけだ。

ドルゴのふるまいを見るに、竜族と人族で適用される作法が違うのは間違いなさそうだ。

「水竜さんたちも、そういう感じなのでありますね」

「そうなの！　だから、リーアって呼んで」

「わかったのでありますよ。リーア」

「うふふ」

リーアは嬉しそうに笑う。

それを見てセルリスが優しく微笑んだ。

「リーアちゃん、嬉しそうね」

「うん、だって。年が近い女の子のお友達は初めてだもの」

周囲にいる水竜たちは親しくとも全員臣下だ。

だから『お友達』にはなれないのだろう。

「え？　我は？　我はリーアの友達ではないのであるか？」

ケーテがショックを受けたような顔をする。

友達だと思っていたのはケーテだけだったらしい。かわいそうだ。

「ケーテ姉さまは、お姉さまだもの。友達だけど年は近くないわ」

「むむう。我とリーアの年齢差など、竜の寿命で比べれば誤差みたいなものであるぞ、誤差」

「でも、少し違うと思うの」

一応、成長したとみなされて王位を譲られたケーテに対して、リーアはまだ子供。

ゆえに、リーアからすれば、同年代の友達とは思えないのかもしれない。

「そうであったかー。我は年代が違ったのであるかー」

ケーテは少し衝撃を受けていた。

「ケーテ。友達だとは思われていたんだから、よかったじゃないか」

「そうよ。ケーテ姉さまはお友達なの」

「ん？　我はちゃんと友達であったか。よかったのである」

ケーテは友達が少なそうなので、とてもよかった。

俺も少し安心した。

安心した俺とケーテの横で、リーアがシアの方を見る。

「シア。質問をまだ聞いていないの」

「そうであったでありますね。その、柱の間から出入りするという話でありましたが……」

「そうなの」

「水竜の皆さんは空を飛ばないでありますか？」

水竜たちには立派な羽が生えている。

だから空が飛べるはずだ。それなら、別に門を通らなくてもいい。

そうシアは思ったのだろう。

「全体的に結界が張られているから、ここから出入りするの」

「ふむ？　それはいったいどういうことなのかしら？」

セルリスはわかっていなさそうだ。

「つまり集落全体に、出入りを防ぐ防御結界が張られているってことだ」

「さすが、ラック！　その通りなのよ。だからこの柱の間以外から出入りするのはとても難しいの」

リーアに褒められてしまった。

ゴランが柱を調べながら言う。

「ということは、この周辺を防衛すれば、大丈夫ということですかな？」

「そうなの」

「これまで、我ら水竜が大きな被害や死者を出さずに耐え忍べたのは、この結界のおかげなのです」

侍従長モーリスが補足してくれた。

そんなことを話していると、水竜たちがざわざわし始めた。

「殿下が、ラックさまを呼び捨てにしたぞ」

「いくら温厚なラックさまでも……呼び捨てにしてはまずいのでは……」

「水竜全員で謝って勘気を解かねば……」

水竜たちはなぜか焦っているようだ。短気だと誤解されるのも困る。

「大丈夫です。呼び捨てしてくださって、結構です。まったくもって気にして――」

俺の言葉の途中で、水竜たちがごろごろ転がりはじめた。

仰向(あおむ)けでお腹(なか)を出している。犬の服従のポーズに似ている。

「な、何ごとですか？」

驚いて、俺が尋ねると、ケーテがうんうんとうなずいた。

「水竜たちはお詫(わ)びしているのだ。人族で言うところの土下座というやつであるぞ。我は竜族の習俗にも人族の習俗にも詳しいのである」

ケーテはどや顔をしていた。

一方、寝っ転がっている水竜たちは口々に言う。

「殿下はまだ幼少の身。どうかお許しください」

「どうか！　勘気をお解きくださいますようお願い申し上げます」

「がうがう！」

ガルヴまで水竜の隣でお腹を出していた。

ガルヴは遊んでいると思っていそうだ。

「本当に謝ってもらう必要はないです。頭をお上げ……、いや体を起こしてください」

俺がそう言っても水竜たちは体を起こさない。

「水竜の皆の衆、ラックは本当に気にしてないから大丈夫であるぞ」

ケーテはそう説明し、

「ラックとリーアはお友達なの！」

リーアもどや顔で胸を張った。尻尾もピュンピュン上下に揺れている。

「そうです。互いにリーア、ラックと呼ぶ仲なんですよ！」

俺がそう言うと、やっと水竜たちは体を起こした。

水竜たちは随分と驚いたようだった。

「なんと」

「さすがは殿下だ」

「ラックさまを呼び捨てにすることが許されるなんて！」

水竜たちは俺をすっかり神格化していそうな勢いだ。

それは、少し困る。

「いえ、みなさまもぜひラックかロックとだけ、お呼びください」

「……なんと心の広いお方だ」

「だが、あまりにも畏れ多くて……呼び捨てなど、とてもではありませんが……」

「ああ、その通りだ」

そんなことを水竜たちが真面目な顔で話し始める。

「いえ、本当に、お気になさらないでください」

俺がそう言っても、水竜たちはまだ呼び捨てに抵抗があるらしかった。

話し合いの結果、ラックさんと呼んでもらうことになった。

一方、水竜たちが相談している間、エリックとゴランは柱を観察していた。

「ラック。俺にはよくわからないんだが、この結界の強度はどの程度のものなんだ？」

「ああ、それは実に大事なことだ。ラック、ちょいと調べてみてくれねーか?」

「そうだな。少し待ってくれ。調べてみよう」

俺はそう言って結界の魔法的強度を調べていく。

かなり強固な結界に思えた。

「見事な結界だ。王都の神の加護に近いかもしれないな」

「ほう?」

強度自体、かなりのものだ。

だが、強度以上に、広範囲を覆っているのがすごい。

これほどの広範囲を結界で守るのは俺でも難しい。

「この辺りだけ守っていれば大丈夫なレベルと考えてよいか?」

「いや、それは違う。ヴァンパイアロード以上はここからでないと入れないだろうが……」

「つまり、雑魚は入れるってことか?」

「そういうことになる」

神の加護に近いとはそういう意味だ。

もっぱら強い者を弾くことに特化している。

雑魚になら入られても怖くはないということだろう。

「となると、やはり神の加護と考えていいのか?」

「いや、神の加護と違って魔力に反応している感じだな。昏き者どもかどうかは関係ない」

恐らく竜族同士の戦争にも備えているのだろう。

「弱いやつは、なぜ弾かないのでありますか？」

「全部弾くのは難しいというのもありますし、我らの獲物の魔獣も弾いてしまいますから」

そう侍従長モーリスが説明してくれた。

「レッサーやアークヴァンパイア程度なら、我らの中の一番弱い個体でも余裕ですからね」

「魅了も防げますか？」

「もちろんです。竜族はそもそも精神抵抗が高いゆえ」

「ラックにはこの門から入ってくるロードやハイロードを迎え撃ってほしいの」

リーアが笑顔で言う。

「そういうことなら、任されましょう」

俺がそう言うと、水竜たちは歓声を上げた。


結界について教えてもらった後、俺たちは集落を引き続き案内してもらう。

五十頭の水竜たちがついて来るので、大移動といった感じだ。

水竜の集落は巨大な湖と広大な森が接しているところにあった。

それゆえ、集落の南側には大きな湖が広がっている。

「湖にも結界が張られているのですか？」

「結界が張られているのは湖の中ほどまでですね」

エリックの問いに侍従長モーリスが答えてくれた。

湖側から集落の方に来ようと思っても、近づけないらしい。

湖には深い魔法の霧が立ち込めており、方向がわからなくなってしまう。

それで、まっすぐ進んでいるつもりでも、対岸に戻ってしまうのだ。

仮に何らかの手段で、まっすぐ進めたとしても、結界を突破するのは難しい。

「森側より強固ですね」

「そうなっています」

シアが尋ねる。

「あの、水竜の皆さんは、水の中で生活されているわけではないでありますか?」

「基本的には、地上で暮らしています」

「泳ぐのも好きなの」

リーアは楽しそうに言う。

水竜は泳ぐのが好きだし、水中でも息ができる。

そして、水の魔法やブレスが強力だ。

だからといって、水の中で暮らしているわけではないらしい。

「とても広くて綺麗な集落ですね」

「そうなの!」

俺が褒めると、リーアは自慢げに胸を張る。

五十頭の水竜が暮らしているのだ。狭いわけがない。

竜が住むのに充分な大きさの家が五十近くある。

家と家との間隔も広い。

「がうがう！」

ガルヴも嬉しそうに、リーアを乗せて走り回っていた。

水竜の集落は、ガルヴの散歩が満足にできそうなぐらい広い。

これからは王都の外ではなく、ここで散歩してもいいかもしれない。


一通り集落を案内してもらった後、俺たちは水竜の宮殿に戻った。

五十頭の水竜たちとは宮殿の前で一旦別れる。

「ラック！　お茶とお菓子があるの！　ガルヴ走って」

リーアはすっかりはしゃいでいる。ガルヴの背に乗ったまま、俺の手を取って走りだした。

「がうがう！」

ガルヴも嬉しそうだ。尻尾を振って走っている。

そうして全員で宮殿の応接室へと移動する。

さっき宮殿に入ったときは、自室にまっすぐ向かったので応接室は初めてだ。

宮殿自体が広いので、移動にも少し時間がかかる。

応接室には巨大な机と椅子があった。

そして、その横に十人ぐらいで使える人族サイズの机と椅子があった。

「あっらが竜用の、こっちが人用のなの！」

「両方あるんですね」

「ラックたちが遊びに来るから、新しく用意したのよ」

「それはありがとうございます」

よく見ると遠くに四人ぐらい用の人族サイズの机があった。

あれが王族用なのだろう。王族は数が少ないから座席数も少ないのだ。

俺たちが椅子に座ると、侍従長がお茶とお菓子を持ってきてくれる。

「ガルヴちゃんは、これを食べるの」

ガルヴ用のおやつも用意されていた。

「がう！」

嬉しそうにガルヴが食べる。

お茶を飲んでお菓子を食べてほっとしていると、ドルゴが言う。

「さてさて、皆様に水竜の集落を見ていただいたところで、本題に入りましょう」

ドルゴが鞄から腕輪を出した。

一つは人族サイズのもの。もう一つは竜族サイズのものだ。

「これは通話の腕輪ですか？」

「いえ、ただのオリハルコンの腕輪です。これから魔法をかけて、通話の腕輪にした後、先日エリック陛下から娘がいただいた通話の腕輪とつなげようと思っているのですが、問題ないでしょうか？」

俺たちはエリックから渡された通話の腕輪を持っている。

俺、エリック、ゴラン、ケーテの間で通話するためのものだ。

それに、リーアと侍従長、ドルゴの通話の腕輪をつなげたいらしい。

「確かにその方が便利ですね。お願いします」

「ありがとうございます」

「通話の腕輪！　リーアも欲しいのよ」

リーアも興味津々だ。

俺たちから腕輪を受け取ると、机に並べる。

そしてドルゴは俺たちの目の前で魔法をかけていく。

ただの腕輪を通話の腕輪にして、俺たちの通話の腕輪とつなげる。

言うだけなら簡単なのだが、実際のところ、ドルゴは魔導士としてもすご腕だった。

非常に勉強になる。

食らった魔法ではないのでラーニングはできない。

だが、しっかり観察しておけば真似（まね）することはできそうだ。

だとしたら、一応、断りを入れておくのが礼儀だろう。

「あの、ドルゴさん」

「この魔法って、私が見てもいいものでしょうか？」

「なんでしょう」

「と言いますと？」

「いいえ、私は魔法を見せていただくことで真似することができるようになりますから」

「え？」

ドルゴが手を止めて、真顔になった。

俺以外は魔導士ではないので、真似はできまい。

だが、俺は魔導士なのだ。

「やはりまずかったでしょうか？　もう遅いかもしれませんが、私は席を外しましょうか……」

「いえ、まずくはないのですが……。本当に見ただけで再現できるのですか？」

「再現というほど精度が高いわけではなく、真似に過ぎないのですが……」

それでも、竜の魔法で魔道具を作っているのだ。

竜の秘儀なのだとしたら、真似されたら困るかもしれない。

「やはり、席を外しましょう」

そう言うと、慌てた様子でドルゴは首を振った。

「いえいえ！　真似されて困るようなものでもないので！　真似ができるとは思わなかったもので、驚いただけです」

「ロックはすごいのである。我など手取り足取り教わってもわからないのである」

「……ケーテはもう少し真面目にやりなさい」

ドルゴがケーテに小言を言う。

一方、リーアは目を輝かせた。

「リーアもわからないのよ。すごいわ！」

「ロックは、魔法ラーニングができるからな」

「ああ、魔法を即座に習得するのが得意なんだ」

エリックとゴランが、なぜか自慢げにしていた。

俺は全員に説明する。

「魔法ラーニングとは違うんだ。ただ見て真似られるってだけだ」

「それはそれですごいですね」

そんなことを話している間に、ドルゴの魔法が完了する。

あっという間に通話の腕輪が作られた。

人族の魔法技術でも、通話の腕輪を作ることはできる。

高価だが店でも買えるぐらいだ。そこまでレアではない。

とはいえ、これほど素早く作ることは人族の魔法技術では無理だ。

「ラックさん。必要があれば、お見せした魔法を使って通話の腕輪を作っていただいても構いませんよ」

「ありがとうございます」

ドルゴは完成した通話の腕輪をリーアと侍従長に渡した。

そして操作法などを説明する。

「ふわぁ」

リーアは通話の腕輪を手にもって感激していた。

尻尾も盛んに上下に揺れている。

「もし襲撃があれば、すぐにラックに連絡するね」

「はい。襲撃だけじゃなく、用があればいつでもどうぞ」

「そんな。いいの？」

「もちろんです」

その後、非常事態の連絡手段などを話し合ってから、屋敷に戻った。

エリックとゴランはそれぞれ仕事に行った。

ケーテはさぼろうとしたが、ドルゴに連れていかれた。


そして、俺は自室でゆっくりすることにした。

横にいるのはガルヴとゲルベルガさまだけだ。

「がーぅ」

ガルヴはベッドの上にあおむけに寝っ転がる。

すると、あっという間に眠ってしまった。

「ガルヴは寝つきがいいな」

子犬ならぬ子狼なので、そういうものなのかもしれない。

「こっこ」

ゲルベルガさまは俺のひざの上に座ってきた。

俺はゲルベルガさまを撫でながら、昏き者どものことを考える。


今、昏き者どもは水竜の集落を狙(ねら)っているらしい。

恐らくもう、愚者(ぐしゃ)の石の製造に成功したと考えた方がいいだろう。

そして、忘れてはならないのは至高の王だ。

ケーテの宮殿を襲ったヴァンパイアから至高の王という存在がいると聞いた。

たぶんヴァンパイア・ハイロードより上位の、ヴァンパイアどもの王なのだろう。

至高の王の配下は、風竜王の宮殿を襲い竜族の遺跡を漁(あさ)っていた。

水竜を襲っている昏き者どもも、至高の王の配下だと考えた方がいいだろう。

さらに王都における昏き者どものことも忘れてはならない。

彼らも至高の王の配下なのだろうか。

どちらにしろ、政権中枢(ちゅうすう)に近いところに入り込んでいる気配がある。

官憲に影響力を持っているのは確実だ。

王都の昏き者どもに与(くみ)するものは、マスタフォン侯爵家を占拠していた。

そしてフィリーに愚者の石を作らせた。

カビーノのような悪党に武器を集めさせ、ご禁制のハムを保管させていた。

風竜王の宮殿を襲った者たちよりも、王都の昏き者どもが弱いのは確実だろう。

だが、王都の中に入り込んでいる時点で、非常に厄介(やっかい)だ。

恐らく、多数の人族を使役しているに違いない。

なぜ、人族が昏き者どもに与するのかも謎(なぞ)である。

「ふむぅ」

「こ?」

ゲルベルガさまが俺の指をくちばしで甘噛(あまが)みする。

俺はゲルベルガさまに語りかけた。

「いくら考えても、王都の昏き者どもの調査は枢密院(すうみついん)に任せるしかないからなー」

「こぅこ」

俺にできることは限られる。

調査などは得意な機関に任せる方がいい。

きっと、いま全力で調べてくれているのだろう。

「とりあえずいまは水竜を守ることに全力を尽くすしかないか」

そんなことを話していると、扉がノックされた。

「ん？」

「ロックさん、ちょっといいかしら」

「セルリスか。どうした？」

俺はゲルベルガさまを抱いたまま、立ち上がって扉を開ける。

「いま、時間あるかしら……。剣の練習に付き合ってほしいのだけど……」

「いいぞ。庭に行こう」

「ありがとう！」

セルリスは嬉しそうに微笑んだ。

「ガルヴは……。寝かせておいてやるか」

気持ちよさそうに寝ているのを起こしてもかわいそうだ。

俺はガルヴを部屋に残すと、ゲルベルガさまを抱いて、庭に行くことにした。

庭はかなり広いので、こういう時は助かる。

セルリスと一緒に庭へと向かう途中、ニアを見かけた。

「ニア。いまからセルリスと剣の練習をするんだが、一緒にどうだ？」

「いいのですか？」

「もちろんだ」

ニアは俺の徒弟（とてい）だ。しかも冒険者。

剣を教えたい。

「あの！　あたしも参加させてほしいであります」

話を聞きつけたシアもやってきた。

「当然シアもいいぞ」

「ありがたいであります！」

庭に行くと、まずはセルリスと稽古を始める。

重い木剣を使って打ち合うのだ。

「セルリス、やっぱり筋がいいな」

「はぁはぁ……ありがとうございます！」

息切れしながらも、セルリスは懸命に木剣をふるう。

速いし切れもいい。以前より強くなっていると思う。

しばらく打ち合って、セルリスの木剣を弾き飛ばす。

「次。ニア、来い」

「よろしくお願いします！」

ニアもまだ小さいのに優秀だ。

筋がいい。獣人らしい筋肉のしなやかさがある。

ニアの次はシアだ。シアとも剣で打ち合う。

それを順に繰り返す。

一時間後、セルリス、ニア、シアは息を切らしてひざをつく。

「持久力が足りないな」

「ロ、ロックさんの体力が異常なのでありますよ」

「頑張(がんば)ります！」

「先は長いわ……」

ニアたちはそんなことをつぶやいていた。

第五章

次の日から、俺は一日一度、水竜の集落に出向くことにした。

午前中にガルヴとタマとゲルベルガさまを連れて、集落の様子を見に行くのだ。

何気にガルヴの散歩も兼ねている。

そして、午後はニアと剣術の訓練をしたり、ミルカに魔法を教えたりした。

そんな日々を過ごして、三日目のこと。

今日は、ケーテも一緒に来てくれることになった。

ケーテは、基本暇らしい。

「おはよう、ラック。今日も来てくれて、とても嬉しいのよ」

「おはよう、リーア」

水竜の集落に行くと、リーアが魔法陣部屋で出迎えてくれた。

毎日リーアは魔法陣部屋で待っていてくれる。

「ケーテ姉さまも、遊びに来てくれて嬉しいの」

「リーアはいい子なのである！」

ケーテはリーアのわきの下に手を入れて、持ち上げる。

そうして、ケーテはくるくる回った。

リーアはキャッキャと言って喜んでいた。

その周りをガルヴとタマもぐるぐる回っていた。

「がうがう！」

「ガルヴもタマもゲルベルガさまもおはよう」

地面に降ろされると、リーアは獣たちを順番に撫でていく。

「出迎えてくれるのは嬉しいけど、わざわざ毎日出迎えてくれなくてもいいんだぞ。リーアも忙しいだろう？」

「んー ん。楽しみだからいいの。迷惑だった？」

「全然、迷惑ではないよ」

三日たって、俺もリーアに敬語を使わなくなっていた。

そうしてほしいと言われたからだ。

魔法陣部屋のある建物を出ると、今度は水竜たちが待っていてくれる。

これもいつものことだ。

「ラックさま！　よくおいでくださいました！」

わいわい言いながら、俺とガルヴたちの散歩についてくる。

水竜たちも結構暇らしい。

「竜ってあまり働かないのか？」

小声でケーテに聞いたら、竜族はあまり食べなくてもいいからだと教えてくれた。

「よく考えてみるのである。巨大な竜族が人族ぐらいの体重比率で食べたら、大変なことになるであろう！」

「それはそうだが、ケーテはよく食べてるよな」

「それはそれ。これはこれである」

「いや、それとこれはまさに同じだと思うが」

「そんなことはないのである。人族だって必要のない食事をするであろう？」

「そういうことなら、なんとなくわかる」

ケーテは初めて王都に来たときに無銭飲食（むせんいんしょく）しかけていた。

ミルカの作ったご飯もいつもバクバク食べている。

食べることは必須ではないが、好きということなのかもしれない。

ともあれ、竜族は食べる必要性が少ないうえに、物を買ったりもあまりしない。

だから、労働の重要性が低いようだ。

そんなことを話しながら、俺たちは水竜の集落を駆け足で巡回する。

巡回自体に走る必要はないのだが、ガルヴを走らせるためだ。

タマが疲れたあたりで、俺たちは休憩した。

その間もガルヴは水竜たちとかけっこして遊んでいた。

「リーア。最近は襲撃はないのか？」

「うーん。ないと思うの」

「大きなものはありません。ですが、レッサーヴァンパイアが入ろうとしてくることはあります」

侍従長が、リーアの言葉を補足してくれる。

「詳しく教えてください」

「大体に一日一度か二度、二、三匹のレッサーヴァンパイアやアークヴァンパイアが侵入しようとしてくるのです」

ロード以上のヴァンパイアなら、結界が防いでいる。

だが、弱いヴァンパイアは結界では防げない。

水竜たちが自らの手で排除する必要がある。

「それは面倒ですね」

「はい、脅威ではありませんが、面倒ではあります」

レッサーやアークヴァンパイアごとき、水竜の敵ではない。

人族にとっての、ゴキブリのようなもの。水竜が叩けば死ぬ。

だが、気持ち悪いし、自分の領域に出現されると、ぞっとする。

物陰に隠れられると非常に嫌な気持ちになる。

とはいえ、いちいち王太女殿下に報告するようなことでもない。

だから、リーアは知らなかったのだろう。

「ヴァンパイアの侵入はどうやって探知しているのですか？」

「我らの目と鼻と耳で」

「……なるほど」

魔法技術に優れた竜族らしくないやり方だ。

恐らく竜族は気配を察するのもうまいのだろう。

ただ、いくらうまいと言っても不安ではある。

「ケーテ。侵入者探知の魔法を使えたよな」

「む？　いつも遺跡にかけているやつであるか？」

「そうそう。それを、集落全体にかけられないか？」

「むむう……」

「難しいか？」

「広いから、難しいのである」

ケーテが難しいというのなら仕方がない。

「ならば、俺が魔法をかけるか」

「ロック、できるのであるか？」

「まあ。恐らくは。リーア、かけてもいいだろうか？」

「お願いするのよ！」

リーアの許可が出たので、俺は集落の外周をもう一度回る。

かけるのは基本、ケーテの侵入者探知の魔法と同じ性質のものだ。

その魔法の核となるものを集落の外周に配置して、核同士を魔力でつなげるのだ。

「ふむう。さすがはラックである」

ケーテは感心していた。

そうして、侵入者があれば鳴り響く腕輪を複数作ってそれを侍従長に託した。

「侵入者がいればこれが鳴ります。ですが、魔法でごまかす方法もないわけではありません」

そう言って、これまで通りの警戒も続けてもらうようお願いする。

「腕輪のこの部分を見れば、どこに侵入があったのかわかるようになっていますから」

「なんと……。ありがとうございます」

「ラック、ありがとうなのよ！」

侍従長とリーアにとても感謝された。


防備を整えてから、俺は水竜の集落と王都の屋敷を行ったり来たりする生活に入った。

王都の方も心配だ。

そこで毎日早朝、一度冒険者ギルドに寄ることにした。

いつもだいたい、冒険者ギルドに行くと、アリオとジニーがいる。

「ロックさん、たまには一緒にネズミ狩りでもどうですか？」

「それは楽しそうだが、最近忙しくてな」

「そうだよな。ロックはすご腕だから、いろんな依頼があるんだろうな」

アリオとジニーも順調にクエストをこなしているようだった。

若手の成長は喜ばしい。

冒険者ギルドに寄った後は、屋敷に戻って、水竜の集落に行く。

ガルヴの散歩を兼ねて、見回りをするのだ。

午後からはニアやセルリスたちに剣術を教えて、ミルカとルッチラに魔法を教えた。


そんな日々を過ごし始めて、一週間後。

夜中、屋敷でガルヴと一緒に寝ていると、腕輪が震えた。

『ラックさま。襲撃です』

水竜の侍従長モーリスの声だ。

俺は跳(は)ね起きて、通話の腕輪に向かって応答する。

「すぐ向かいます」

「がう？」

「ガルヴ。俺は水竜の集落に行く。寝っててもいいぞ」

「がう！」

俺は魔神王の剣だけ手に取ると、一階の転移魔法陣部屋へと走る。

こういう時のために、いつも俺は寝間着は着ていない。

さすがに鎧(よろい)は外しているが、普段着のまま眠っている。

俺が階段を駆け下りる音に反応したのか、セルリスが部屋から顔を出した。

「どうしたの？」

「水竜から救援依頼だ！」

それだけ言えば、わかるだろう。

俺は魔法陣部屋に入ると、水竜の集落に飛んだ。

転移魔法陣特有の、めまいに似た感覚を覚えつつ向こう側に着く。

「がーう」

「ガルヴ、ついて来たのか」

「がう！」

「無理はするなよ」

俺は魔法陣部屋のある建物を走って出る。

そこにはリーアがいた。

今夜はリーアも竜の姿である。

ケーテよりも一回り小さい、綺麗な青の美しい竜だ。

「ラック、門から侵入者が来たの！　モーリスが食い止めてくれているの」

「了解。レッサーやアークが侵入する恐れがある。リーアは水竜の皆と警戒を頼む」

「わかったわ」

そして、俺はガルヴと一緒に門へと走った。

その途中、腕輪から声がした。
『ロック。どんな塩梅（あんばい）だ？』
今日はたまたまゴランはゴラン邸で眠っていた。
自宅で眠るのは普通のことだから仕方がない。
「いま向かっているところだ。状況はまだ不明。助けが必要ならすぐに呼ぶ」
『わかった』
「とりあえず、それまでは眠っていていいぞ」
『そう言われて眠れるものか』
エリックの声もした。
同時通話ができる高性能な腕輪なのだ。
『とりあえずロックの屋敷に向かっているところだ』
『俺もいま地下道だ』
『我も今向かっておるぞー』
『私は、もう集落に着きました』
ケーテは俺の屋敷に、ドルゴは風竜王の宮殿にいた。
風竜王の宮殿からは転移魔法陣を二つくぐれば、ここまでやって来られる。
むしろ状況によっては俺の屋敷より風竜王宮殿の方が近いのかもしれない。
少なくともドルゴはすぐ来てくれそうだ。心強い。

「エリックと、ゴランが到着するまでには終わらせたいな」
『無駄足（むだあし）になることを願っている』
『ああ、それが一番だ』
その瞬間、俺の横に火炎弾が飛んできた。とても大きい。
同時に昏竜（イビルドラゴン）やヴァンパイアどもと戦うモーリスたちの姿が見える。
敵の数は多い。
モーリスたち――水竜の精鋭たちが、かなり苦戦していた。
モーリスからの音声が、最初の救援依頼以来、届かないのが不思議だった。
なんのことはない。こちらと通話する余裕がなかっただけだ。
「残念ながら、急いでもらった方がいいかもしれない」
そう腕輪に言って、俺は魔力弾をぶっ放（ぱな）す。
それは水竜に噛（か）みつこうとしていた昏竜の頭に命中。
「GYAAAAAAA」
昏竜は苦しそうに悲鳴を上げた。だが、致命傷には至らない。
俺がそれなりに力を込めた魔力弾だ。並の竜なら倒せる威力。
それでも、昏竜は倒れない。
だが、倒れずとも、俺の方に意識が向いた。
俺は大声で叫（さけ）ぶ。

「まず俺から倒してみろ！」
俺は魔力弾を同時に三十発撃ち込んだ。
ヴァンパイアロードや昏竜たちの反応は二種類。
俺の魔力弾を甘く見て、そのまま受けた者。
危険を感じ取って、必死に避けた者。
「「GYAAAAA」」
甘く見た二体のヴァンパイアロードと、三体の昏竜は深い傷を受けた。
即座に水竜にとどめを刺される。
だが、危険を感じ取って避けた者たちの方が強敵である。
その強敵たちの意識が俺の方に向く。
俺は構わず、まっすぐに突っ込んでいった。
昏竜のブレスやヴァンパイアロードの魔法が俺を目掛けて飛んできた。
俺はますます加速した。
俺の通った後に、魔法やブレスが次々に着弾していく。
——ガガガガガッ
大きな音と同時に、土が跳ね上がり、石が巻き上がる。
辺りが土煙に包まれた。
「ラックさん！」

モーリスの悲鳴のような、慌てる声が響いた。

同時に、俺は土煙の中から飛び出て、先頭の昏竜の首を魔神王の剣ではねた。

昏竜（イビルドラゴン）の斬（き）り口から噴き出る血を浴びながら、俺は地面に着地する。

そして、水竜たちを見て微笑（ほほえ）んだ。

「これぐらいでは死にませんよ」

「さすがです！」

「ありがとうございます！」

水竜たちが嬉しそうな声を上げた。

俺と水竜の会話を隙（すき）ととらえたのだろう。

俺の真横からヴァンパイアロードが飛びかかってきた。

「ガウ！」

そのヴァンパイアロードの首にガルヴが食らいつく。

「こ、この犬めがっ！」

慌てた様子で、ヴァンパイアロードは霧に変化して逃げようとする。

だが、なぜかできないようだった。

「な、なぜだ……なぜ……」

そのまま、ヴァンパイアロードは灰になった。

「でかしたガルヴ」

「がう！」

もしかしたら、ガルヴに噛みつかれると、ヴァンパイアは変化できないのかもしれない。

「ブレスがやばいから、あまり俺から離れるなよ」

「がうがう！」

ガルヴに怯えは見られない。

水竜たちと仲良く遊んでいるうちに、度胸がついたのかもしれない。

その時、敵の後方にいたヴァンパイアが声を上げた。

「人間がなぜこのような場所にいる！」

ロード、いやハイロードだろう。

後ろにいたということは、指揮官なのかもしれない。

「汚らわしいお前らの方が、ここには場違いだろうが」

「だまれ、下等生物が！」

「お前がこの雑魚どものリーダーか？」

「我らの精鋭を雑魚呼ばわりだと！　後悔させてやろう」

その言葉をきっかけに、また激しい攻撃が始まった。

水竜たちも水ブレスなどで反撃をする。水竜の精鋭だけあって、かなり強い。

昏竜のブレスも強力だ。

まともに食らえば大ダメージは免れない。

それに比べれば、ヴァンパイアロードやハイロードの火力は大したことはない。
かといって恐ろしくないわけではない。
昏竜は生命力に自信があるためか、こちらの攻撃をまともに受けがちだ。
だが、昏竜に比べて、ヴァンパイアどもには攻撃が当たらない。
素早いだけでなく、霧やコウモリに変化する。
そうしておいて、突然真後ろや真横などに出現するのだ。
昏竜の攻撃をしのいでいるときに、それをされると非常に厄介だ。
「全員、無理はするな」
「了解しました！」
俺は水竜たちに声をかけながら、全体を見る。
さすがにモーリスは強い。一頭で二頭の昏竜を相手にしていた。
そして、俺は押されがちなところに魔力弾を撃ち込む。
これにより、戦況は優勢に傾いた。
このまま順調に推移すれば、勝てるだろう。
そうみんなが思い始めて、安心しかけた頃。
「ＧＡＡＡＬＡＡＡＡＡＡ」
新たに巨大な昏竜が姿を現した。侍従長モーリスよりもかなり大きい。
それどころか、竜形態のドルゴよりも大きいぐらいだ。

「なっ」

「そんな……」

水竜たちから悲鳴に似た声が上がる。

「ははははは！　愚か者どもめが！　後悔しながら死ぬがよい」

ハイロードが嬉しそうに叫ぶ。

「それがお前らの切り札か？」

「ふん。そう思うか？」

ハイロードは含みのある笑みを見せる。

まだ、切り札を残していそうだ。

とはいえ、今は目の前の巨大な昏竜を倒すほかない。

ドルゴより大きいとなると、俺も手を抜けない。

俺は巨大昏竜目掛け駆け出そうとして、一歩を踏み出す。

その瞬間、巨大昏竜がブレスを吐いた。

火炎でもない。風でも水でも氷でもない。

黒っぽい泥のようなブレスだ。

何かはわからない。だが、とても嫌な予感がする。

「避けろ！」

俺は大声で叫ぶと、魔法障壁を展開する。

うまくかわせた水竜たちはほとんどいない。
俺は水竜たちの前にも障壁を張った。
泥に触れた樹木が一瞬で枯れていく。
「毒のブレスか！」
障壁に毒ブレスがぶつかった瞬間、強い衝撃が走る。
――ギシギシキシ
障壁から軋むような音がする。
毒だけではない。強い魔力が込められている。
――ピシピシ
障壁にひびが入り始める。慌てて内側にもう一枚張る。
その瞬間、外側の障壁が砕けた。
俺の障壁を砕くとは大した威力のブレスだ。
攻撃する余裕がない。全力で障壁を維持する。
巨大昏竜のブレスはまだ終わらない。
「随分と息が長いな！」
毒ブレスを弾き返さないわけにはいかない。
集落に入り込めば、大きな被害が出かねない。
その時、真横に嫌な気配が漂う。

「死ねや！」

障壁に専念している俺の真横に、ヴァンパイアロードが出現した。

剣で襲いかかってくる。

「ガウッ！」

殺那、ロードの剣を持つ右手にガルヴが噛みついた。

「き、貴様！」

ヴァンパイアロードは今度は左手で短剣を振り上げた。

俺はガルヴを短剣から守るために障壁で守ろうとした。

同時に大きな音と悲鳴に似た声が上がる。

「ぎゃ……がっ……」

「随分と、厄介なことになってますね」

ヴァンパイアロードの腹にはドルゴの拳が突き刺さっていた。

ドルゴは人の姿のままだ。

「助かりました」

「ラックさんなら、お一人でもなんとかされたでしょう？」

「でも、本当に助かりましたよ」

「それなら、よかった」

そして、ドルゴは巨大な昏竜を見上げる。

「ふむ。この状況なら竜形態の方がよさそうですね」

そう言うと、ドルゴは竜形態へと変化した。

ドルゴに向かって、水竜の侍従長モーリスが叫ぶ。

「風のブレスのご使用には、配慮をお願いします！　毒が拡散してしまいます」

「把握(はあく)しました」

巨大な姿になったドルゴはそのまま巨大昏竜(イビルドラゴン)に襲いかかる。

「ドルゴさん！　大地が壊れないようお願いします！」

「わかっております！」

高位の竜同士が本気で戦えば大地が崩れかねない。

もちろんそれはドルゴもわかっているだろう。

あえて言ったのは念のためだ。

「ＧＹＡＡＡ！」

ドルゴを見て、気合を入れるかのように、巨大な昏竜が咆哮(ほうこう)した。

ドルゴは鋭い爪(つめ)と牙(きば)と体しか使わない。

近くに水竜の集落があるから、それ以外は使えないのだ。

空を飛びながら、爪を繰り出し、尻尾(しっぽ)をぶつけている。

その余波だけで、周囲の木々がなぎ倒される。

「おのれっ！」

ドルゴが叫んだ。巨大昏竜がまたブレスを使ったのだ。

ドルゴは魔法障壁を展開する。

さすがはドルゴ。見事な大きさの障壁だ。

自分というより、集落と水竜たちを守るためだろう。

巨大昏竜の息は長い。ドルゴの障壁にもひびが入っていく。

障壁を維持するのに手いっぱいのドルゴのもとに、ヴァンパイアどもが殺到した。

俺はドルゴの近くに湧（わ）いたヴァンパイアに魔法をぶつけて討伐（とうばつ）していく。

「かたじけない！」

「障壁、そのままでお願いします！」

「お任せください」

俺はとりあえず、周囲の昏竜に向けて魔法の槍（やり）をばらまいた。

かなり力を込めた魔法の槍だ。牽制（けんせい）ぐらいにはなるだろう。

「「GAAAAALAAAA！」」

昏竜どもが一斉に叫ぶ。

魔法の槍をまともに食らったやつがいたらしい。

それも一、二頭ではない。

体に魔法の槍が刺さった五頭の昏竜が悲鳴を上げている。

「ドルゴと水竜たちが意識を引いてくれたおかげだな」

それでも致命傷には至らない。
だが、これだけダメージを与えておけば、雑魚は水竜たちに任せて大丈夫だろう。
あとは巨大昏竜を何とかせねばなるまい。
俺は一直線に巨大昏竜との間合いをつめる。
巨大昏竜は空中にいるので、魔神王の剣は使えない。
だが、俺は魔導士なので支障はない。
「GAAA‼」
高速で走る俺に気付いた巨大昏竜が咆哮と同時にブレスを俺に向ける。
毒のブレスだ。だが、ドルゴの障壁が見事に防ぐ。
「助かります！」
俺はお礼を言いながら、改めて魔法の槍を撃ち込んだ。
同時に十本。正面から五本。側面に二本、背後に三本だ。
魔法の槍を見ただけで、その危険性を理解したのだろう。
巨大昏竜はブレスを止めて、防御に回った。即座に障壁が張られる。
——ガガガガッガ
魔法の槍が障壁にぶつかり、砕いていく。五枚の障壁を砕いてやっと止まる。
「これでも通らないか」
そう言いながらも、巨大昏竜が槍を防いで気を抜いた瞬間を狙(ねら)う。

重力魔法を叩き込み、巨大昏竜を地面に墜とした。

「GI！　GAA！」

巨大昏竜が驚いたような声を上げた。

「地面に墜ちればこっちのもんだ」

俺は魔神王の剣で斬りかかる。

巨大昏竜は防御をしない。攻撃のために腕を振るった。

鋭い爪が俺に迫る。

俺もかわさない。剣で防ぐこともしない。身体に爪が当たるに任せる。

「ロックさん！」

ドルゴの慌てる声が聞こえた。

——ガギン
俺に爪が当たった瞬間、大きな音が響く。

砕けたのは、昏竜の爪。

ヴァンパイアハイロードからラーニングした攻性防壁の効果だ。

「GA……？」

何が起こったのかわからない。巨大昏竜はそんな顔をしている。

俺はその隙を突く。左腕と左足を斬り落とした。

「GAAAAAAAAAAAA‼」

巨大昏竜は悲鳴を上げた。

「よく避けたな」

首を狙ったのに避けられてしまった。

その時、俺の真横にヴァンパイアが出現した。

俺に触れようとして、腕を吹き飛ばされる。

「さっきの攻性防壁を見てなかったのか？」

俺はヴァンパイアの首を魔神王の剣で落とした。

だが、その一瞬だけ、俺の視線が巨大昏竜から外れた。

「ＧＡＡＡＡ」

「また、ブレスか。芸がないぞ」

俺が煽(あお)ったせいか、毒ブレスに加えて、魔力弾(マジック・バレット)を撃ち込んでくる。

俺は障壁で防ぐと、再び魔法の槍を十本放つ。

魔法の槍が、巨大昏竜の障壁に当たる。

——ガガガガガ
先程と同じように、障壁の五枚目で九本止まる。

だが、一本は障壁をすべて貫き、昏竜の胴体に大きな穴をあけた。

「お前らの神から盗んだ魔法だ。効くだろう？」

邪神(じゃしん)の頭部からラーニングした暗黒光線(ダーク・レイ)を魔法の槍に偽装しておいたのだ。

邪神――すなわち神の魔法だ。威力は充分。いくら巨大昏竜とはいえ、耐えられまい。

「……なんだと」

ヴァンパイアハイロードの驚く声がする。ハイロードも始末したい。

だが、巨大昏竜はまだ動いている。

俺は魔神王の剣で、巨大昏竜の首を落とし、心臓を貫いた。

そこまでして、やっと巨大昏竜は動かなくなる。

俺は即座にヴァンパイアハイロードに狙いを変える。

しかし、ハイロードは霧に変化し、逃亡を試みた。

「逃がすか！」

俺は霧を魔神王の剣で斬り裂いた。

「ぎゃあああ」

ハイロードは悲鳴を上げ、霧の一部が灰に変わる。

それでも、霧の大半には逃げられてしまった。

第六章

巨大昏竜（イビルドラゴン）を倒し、ハイロードは逃亡した。

後は残党を狩ればいい。

俺（おれ）は水竜たちと力を合わせて、昏竜やヴァンパイアを狩っていった。

残党のすべてを狩り終えた頃、ケーテが到着した。

「遅れたのである」

「ケーテ。遅すぎるぞ。何をしていた」

ケーテはドルゴに叱（しか）られている。

確かに風竜王の宮殿から駆けつけたドルゴと比べて遅すぎる。

ケーテは俺の屋敷から駆けつけたはずだ。

「すまぬ。集落の方で昏き者どもを相手にしていたら、手間取ったのである」

俺はケーテの気持ちはわかる。

目の前で戦っている者がいれば、心理的に素通りするのは難しい。

「優先順位というものがある。レッサーなら水竜の皆さんで対応できるだろう」

「それはそうなのであるが……、でも！」

ケーテはしょんぼりしつつも、反論しかける。

そこにゴランが到着した。

「はぁ、はぁ……。こっちも終わった後ってやつだな。何よりだ」

「エリックはどうした？」

ゴランより、秘密の地下道を使えるエリックの方が、早く到着できるはずだ。

「エリックは念のためにリーア殿下の護衛をしてる」

「門以外から襲撃してきたのはレッサーかアークだろう？」

それならあえてエリックが残る必要性がないように思える。

だが、ゴランはゆっくりと首を振る。

「だったらよかったんだがな。ロードやハイロードまで入ってきやがった」

「なに？　……神の加護を誤魔化す魔道具のようなものを使ってきたのか？」

「恐らくな。そのうえ、魔装機械が十機入ってきやがった」

「……それはまずいな」

「うむ。だが、集落の方には昏竜が来なかったから、まだましだ」

昏竜がいなくとも、魔装機械にハイロードがいれば、恐ろしいことだ。

どうやら門だけ防衛していればいいというものではなくなったようだ。

「集落の方は無事なんだろうな？」

「もちろんだ。俺がこっちに来たってことは、無事撃退できたってことだからな。それで、ケーテと一緒に走ってきたんだ」

ゴランの話を聞いていたドルゴがケーテに向かって頭を下げた。

「ケーテ。申し訳ない。父が間違っていた」

「……うむ。わかればよいのである！」

しょんぼりしていたケーテが元気になった。

尻尾(しっぽ)も上下に揺れ始める。

それから、ケーテは巨大昏竜の死骸に興味を示した。

「それにしても、でかいのである！」

「強かったぞ」

「それはそうであろうな！」

一方、侍従長(じじゅうちょう)モーリスは周囲の枯れた木を調べていた。

「毒のブレスのようですね……」

「ええ。もちろん猛毒ではありましたが……」

「ラックさまは、毒だけではないとお考えなのですか？」

「はい。猛毒に強酸を加えた……そんなブレスだと感じました」

そんな危険なものを大量の魔力と一緒に口から出すのだ。

おそろしいことこの上ない。

後始末(あとしまつ)を水竜たちに任せて、俺たちは宮殿の方へと戻る。

「ラック、おかえりなさい」

人の姿に戻ったリーアが出迎えてくれた。

「ただいま。こっちも大変だったみたいだな」

「エリックが助けてくれたの。それにセルリスやシア、ニアも！」

エリックは魔装機械を破壊したようだ。

セルリスたちもヴァンパイア狩りで活躍したそうだ。よかった。

だが、俺に気付いて近付いてきたエリックは深刻な表情だった。

「ラック。強い者を弾（はじ）く結界だがな、魔装機械は作動していなければ、弾かれないらしい」

「それは厄介（やっかい）だな」

強い者を弾く結界は魔力を感知して作動する。

どんな生物だろうが、生物である以上魔力がある。

強い者は保有する魔力が多い。それは戦士でも同じだ。

体内で魔力を使うのが戦士。体の外でも魔力をうまく使えるのが魔導士だ。

だから、強い者を弾く結界ならば、体内の魔力回路で判断すればいい。

魔力の巡りが激しい者が強者といえるのだ。

だが、作動していない魔装機械は武器などと同じ。魔力が巡っていない。

生き物であれば、魔力が巡っていないということは死んでいるということになる。

ゆえに、結界は作動していない魔装機械を単なる金属の塊（かたまり）や、ただの魔石と判断してしまう。

「魔装機械を結界内に運び込んでから作動させたってことか」

「作動させる前につぶせればいいんだがな」

「魔装機械は固いからな……」

「ああ」

それでも三機ほど、動き出す前につぶしたようだ。

それで動いたのが七機だ。

「ヴァンパイアの死骸も見せてくれ」

「こっちだ」

俺はエリックに案内されて、宮殿から少し離れた広場に向かう。

そこにはセルリス、シア、ニアがいた。

「ロックさん、ご無事で何よりであります」

「シアたちこそ、無事でよかった」

セルリスたちは水竜たちと力を合わせて、ヴァンパイアと戦ったようだ。

俺はヴァンパイアの死骸、つまり灰を調べる。

灰の量からいって、三十体ぐらいだろうか。

その中に、ヴァンパイアロード以上の死骸であることを示すメダルは三枚あった。

俺はロード以上の者に結界を越えさせた魔道具を探す。

しばらく探して、腕輪のような魔道具を見つけ出した。

その魔道具からはかなり強力な魔力を感じる。

どうやら愚者の石がふんだんに使われているようだった。

俺が魔道具を調べていると、後ろからゴランが覗き込んできた。

「ロック。それが結界破りの魔道具ってやつか？」

「かもしれない」

「どういう仕組みかわからねーか？」

「正直わからない。あとで、フィリーに聞いてみよう」

エリックも俺の手元を覗き込む。

「これの素材は愚者の石だよな」

「そう見えるな……」

やはり、昏き者どもの至高の王一派は愚者の石の生成に成功したようだ。

軽く死骸の調査を済ませると、結界の点検をする。

壊れているところなどがないか念入りに時間をかけて点検した。

そうして異常がないことを確認してから、俺は水竜の宮殿に移動する。

リーアや侍従長モーリスたちと、今後について話し合うためだ。

「がうー」

ガルヴはずっと俺の後をついて来ている。

少し眠そうだ。

「ガルヴ、今日は偉かったな」

「がう」

俺は応接室の椅子に座って、いっぱいガルヴを撫でてやった。

「もう遅いですし、是非泊まっていってください」

侍従長モーリスが勧めてくれる。

転移魔法陣があるとはいえ、水竜の宮殿はとにかく広い。

魔法陣のある建物に行くだけで、徒歩五分はかかる。

それに、再度襲撃があるかもしれない。

「リーアもそれがいいと思うの！」

リーアも俺の腕をぎゅっとつかんでそんなことを言う。

「そうですね。そうさせてもらおうかな」

「えへへ」

リーアは少し嬉しそうだ。

「がぁぁふ」

ガルヴが大きく口を開けて、あくびをする。

「あとは私たちに任せて、ラックさんはお休みになってください」

「シアさんたちは、もう帰っちゃったのよ。ラックは泊まっていって」

「そうなのか」

みんなは俺が結界を見回っている間に俺の屋敷に戻ったらしい。

もともと真夜中、眠っているところを起こされたのだ。

みんな眠かったのだろう。俺も眠い。

「じゃあ、お言葉に甘えて……」

俺はガルヴと一緒に水竜の宮殿に用意された部屋に向かう。

部屋はやはり大きい。薄暗い灯りがいくつか並んでいた。

何があるかはわかる程度で、まぶしくはない。すぐ眠れるだろう。

新たにベッドがいくつか並んでいた。前回来たときよりもベッドが増えている。

「モーリスさんが、俺たちのためにベッドを用意してくれたんだな」

「がう」

前回、みんながこの部屋を使うと言ったので、準備してくれたのだろう。

今夜は、みな屋敷に帰ったが、いつか使うこともあるだろう。

「ロック。見回りご苦労」

「おお、エリックとゴランも、この部屋で寝てからいくのか？」

「いまから王宮に帰るのも面倒だしな」

「エリックは地下通路を使えるから、俺よりはまだましだろう」

二人とも俺の屋敷で眠っていってもいい。

だが、どうせ自宅に帰らないならここで眠っていっても大差はない。

広大な部屋なのに、エリックとゴランは隣同士のベッドに入っている。

ちなみに俺のベッドのすぐ近くだ。

「がうがう」

ガルヴは俺のベッドに入って、仰向けになって背中をこすりつけまくっている。

ガルヴは大きいが、ベッドもとても大きいので問題ない。

「ガルヴ、少しだけ空けててくれ」

「がう！」

ガルヴに少しずれてもらって、俺もベッドに入る。

俺が横になると、お腹の上にガルヴが顎を乗せてきた。

「ガルヴは今日は頑張ったもんな」

「がう」

ガルヴは尻尾をビュンビュン振っている。

「お、ガルヴ活躍したのか？」

ゴランが聞いてきたので、ガルヴの活躍を語ることにした。

もちろんヴァンパイアどもの戦術を教える意味もある。

「昏竜を相手にしているとな、ヴァンパイアどもが霧になって、俺の真横とか真後ろに突然現れるんだよ」

「それは面倒だな」

「そのときにガルヴがヴァンパイアどもの首に食らいついてくれてな」

「おお、お手柄ではないか」

「しかも、ガルヴに嚙まれると、やつらは霧に変化できないらしい」

「そうなのか？　狼の獣人が、ヴァンパイアどもの攻撃に強いのと同じかもしれねーな」

俺はガルヴの功績を讃えながら、お腹を撫でまくった。

「それにしても、昏竜と連携されたら、厄介ってもんじゃねーな」

「俺たちならまだしも、近衛騎士たちだと厳しいかもしれない」

そんなことを話していると、ドルゴとケーテがやって来た。

なぜかリーアと知らない品のいい男まで一緒だった。

男は俺たちと同年齢に見える。

「どうしました？」

「我らも今夜はここで休ませて頂こうと思いまして」

「ロックの屋敷に戻るのも面倒であるからな！」

ドルゴとケーテはそんなことを言う。

「あの、そちらの方は？」

「モーリスでございます」

侍従長モーリスも人型になれるようだ。

「人型になれるということは、モーリスさんも王族だったのですか？」

「ええ。先王であるリーア殿下の母の弟。殿下の叔父にあたります」

「そうでしたか」

ケーテはリーアと一緒に近くのベッドに入る。

「リーアも、ケーテ姉さまとここでお泊まりするの」

「リーアとケーテはお友達であるからな！」

リーアもケーテも嬉しそうだ。何よりである。

ドルゴもベッドに入る。モーリスはドルゴの隣のベッドに入った。

モーリスも今夜はここで眠っていくらしい。


みんなベッドに入ったが、なかなか寝付けないようだった。

激しい戦いの後だからだろう。

そんな中ガルヴは、

「がーぅ」

お腹を出して眠っていた。

ガルヴは相変わらず眠りにつくのが早い。

可愛いので、お腹の横辺りを撫でてやった。

自分で掻いているつもりになるのか、後ろ足がひくひく動く。

そんなことをしている間に、俺も眠りについた。

次の日の朝、眠っていると、モーリスに起こされた。

朝食の準備ができたのだという。

「がうがう」

ガルヴはお腹がすいたのか、もう起きていた。

俺の顔をぺろぺろ舐めてくる。

俺も顔を洗ってから食堂に向かう。

食堂にはすでに、エリックやゴラン、ケーテにドルゴ、リーアがいた。

俺はみんなに向かって言った。

「何はともあれ死者が出なくてよかった」

「本当にな。かなり後手に回ってしまっていたからな。死者が出なかったのは不幸中の幸いだ」

エリックが真剣な表情でつぶやいた。

「今までの襲撃が散発的で、計画的でもなかったので……油断もありました」

食事を並べながら、モーリスが言う。

その通りだ。俺も油断していなかったとは言えない。

「魔装機械を動員してくるとは……。ケーテのごみ箱を回収したから、新規には作れないと思ったんだが」

「確かにそうなのである」

「ごみばこ?」

リーアがケーテの隣で首をかしげている。

俺はごみ箱について説明をした。

ごみ箱は風竜王の宮殿にあった、錬金装置の通称だ。

愚者の石や賢者の石を突っ込めば、魔装機械を作ることができる。

今は回収して、俺の屋敷、フィリーの研究室に設置してある。

「愚者の石だけでなく、ごみ箱も手に入れているのかもしれねーな」

ゴランがそう言ってうなずく。

「錬金装置というのがあれば、魔装機械をたくさん作れるのですか?」

一方、ゴランにそう尋ねたモーリスの表情は深刻そのものだった。

モーリスが危機感を覚えるのもわかる。

魔装機械があれば、水竜の結界の内側に強力な敵を運び込めるのだ。

ごみ箱に一番詳しいドルゴが答える。

「材料を集めるのが大変ですが……。大量の魔石や生贄(いけにえ)などの材料が必要なのです」

「ということは……。昏き者どもは生贄を?」

「残念ながら、可能性は高いと言わざるを得ません」

それを聞いていたゴランが言う。

「愚者の石でも代用できるんじゃねーか?」

「愚者の石を作るのにも、生贄を集めるのが一番手っ取り早いので」

フィリーのようなすご腕の錬金術士なら高価な材料は必要ない。

だが、非常に高度な技術が必要になる。

逆に、装置を使って安易に作るならば、大量の貴重な材料が必要だ。

「それは、由々しき事態ですね」

モーリスがうなるように言った。

水竜が生贄になれば、さらに愚者の石や魔装機械の製造が進むだろう。

邪神召喚に至らなくとも、敵の戦力が増強してしまう。

「モーリスさん。水竜には風竜のごみ箱のようなものはないのですか?」

「ございません。我らは結界魔法の方が得意なのでございます」

「我ら風竜は錬金術の方がより得意なのであるぞ」

ケーテが教えてくれた。

その割には、ケーテは錬金術が得意ではなさそうだ。

だがそれは指摘しない方がいいだろう。

「魔装機械に使われている技術は錬金術なのか?」

「そうであるぞ」

「違います」

「あ、違うのであるか……」

どや顔で言ったケーテを、即座にドルゴが否定した。

「あれは魔導機術ですね。竜族で言えば火竜が得意としています」

「種族によって得意なものが違うのですね」

「能力的なものというより、文化的なものが大きいのですが」

「なるほど」

親から子に魔法を教える。そして魔法の奥義は門外不出だ。

それが連綿と続けば、偏りが出るのは当然だ。

「ちょっと待て。だとしたら、魔装機械を新規に用意できたということは……」

エリックが俺の方を見る。

火竜が昏き者どもの手に落ちたのでは？　と心配しているのだろう。

「いや、それはない」

「なぜそう思う？」

「火竜が昏き者どもの手に落ちたのなら、今頃邪神が復活している」

「……そうか。それもそうだな」

火竜を落としたのなら、火竜を生贄にすれば邪神を召喚できる。

あえて防備の堅い水竜を生贄にする必要はない。

「じゃあ、どうして魔装機械を用意できたんだ？」

「たぶん火竜の遺跡からごみ箱に代わる何かを見つけたんだろう」

俺がそう言うと、ドルゴがゆるゆると首を振る。

「ロックさん。残念ながら、火竜は我ら風竜のように遺跡に装置を残したりはしません」

「そうなのですか？」

風竜は地上に集落を持たない。空をテリトリーとする竜だ。

とはいえ、地上にも拠点が必要なときがある。

そうして拠点を作った後、代替わりなどで放棄されたのが竜の遺跡だ。

中にはあとで使うつもりで、結局使わなかったというのもあるらしい。

だが、風竜以外の竜族はもともと集落を持っているので、そのようなことはしないようだ。

「当然長い歳月を過ごすうちに、集落を移動することはあります。ですが、その際にも魔道具の類（たぐ）いを残したりはしません」

もちろん人族でも普通はそんなことはしない。

貴重なものなのだから新しい住居に持っていく。

「ということは、俺たちが知らない別の竜の遺跡に、他にもごみ箱のようなものがあったということか」

俺がそう言うと、

「面目ないのである。恐らくそうなのだ」

風竜王のケーテが頭を下げた。

朝食の後、ドルゴが言った。

「愚者の石を生成されたうえ、魔装機械の製造も始まっているというのであれば……。防衛だけしていればいいというわけにもいかないやもしれません」

「とはいえ、水竜の集落の防備もおろそかにはできません」

エリックの言う通りだ。

いつまた、侵攻があるかわからないのだ。

「防衛を続けながら、敵の本拠地を探すしかないでしょうね」

俺がそう言うと、ゴランがうなった。

「うーむ。そうは言うがな。どうやって探すんだ？　大々的に冒険者を使うのは難しいぞ？」

昏き者ども——特にヴァンパイアとの戦いにおいては魅了の問題が付きまとう。

冒険者が魅了にかかったり、眷属(けんぞく)として取り込まれるのが最も恐ろしい。

もしギルドから公開の依頼を出した場合、昏き者どもの手の者もそれを見るだろう。

そして罠(わな)を張られる可能性がある。

「シアたち、狼の獣人族に依頼するしかないか」

「Aランク冒険者のパーティーに極秘任務として依頼してもいい。予算は王国の方から出そう」

「そういうことなら……まあ、手を打てねーってことはないが」

そこで、黙って聞いていたケーテが真面目(まじめ)な顔で言った。

「我も空から探してみるのである」

「空から探してわかるものなのか？」

「探さないよりはましであろう」

確かにケーテの言う通りだ。それに、ケーテは基本暇なはずだ。ならば仕事があった方がいい。

「ケーテ、頼む」

「任せるのである！」

その後もそんなふうに話し合いを進めた。

結果、エリック、ゴラン、ドルゴたちが敵の拠点を調べてくれることになった。

ドルゴ以外は、配下を動かして探索するということだ。

「俺もなるべくこちらにいるようにしましょう」

「ラック、ありがとう」

リーアは嬉しそうだった。


エリックたちは業務があるそうで、話し合いが済むと急いで王都に帰っていった。

俺も一度屋敷に戻り、準備することにする。

そうしてみんなで一緒に宮殿の外に出た。

「あ、ラックさまだ！」

「昨夜はありがとうございます！」

すると、外に出るなり水竜たちが一斉に走ってきた。

今日は三十頭ほどだ。残りの水竜は警戒に回っているのだろう。

「怪我に……いえ、怪我竜は出ませんでしたか？」

「はい、おかげさまで！　ほとんど大丈夫です」

「大した怪我を負った者はいません。一番重いもので、全治一週間程度です」

「それはよかった」

あれだけの襲撃だ。無傷というわけにはいかない。

「さすがは水竜のみなさんですね。レッサーやアークヴァンパイアはともかく魔装機械十機を相手にして重傷者を出さないとは見事です」

「えへえへ」

「そんな、照れます」

水竜たちが一斉に照れている。尻尾がゆっくり上下に揺れていた。

「ラックさんのお弟子さんたちもすごかったです」

「さすがはラックさんのお弟子さんですね！」

「大活躍でしたよ」

弟子というと、徒弟のニアだろうか。

詳しく聞いてみると、セルリス、シア、ニアのことらしかった。

「我々は、どうしても小さいヴァンパイアを見逃しがちなのです」

「確かに、魔装機械を相手に戦っているとそうなるかもしれませんね」

俺やドルゴ、侍従長モーリスたちがいた門での戦いでも、同様の奇襲があった。

昏竜を相手にしていると、急に横にヴァンパイアが現れるのだ。

レッサーヴァンパイアは霧に変化できないが、アークは変化可能だ。

魔装機械を相手にしているときにアークヴァンパイアに襲われたら厄介この上ない。

「そんなとき、シアさんやセルリスさん、ニアさんが助けてくれたんです」

そんなことを話していると、リーアが俺の袖を引っ張った。

「リーアも大活躍したの」

「そうなのか。すごいな」

「うむ。見事な働きであったぞ」

ケーテも褒めている。リーアも戦ったらしい。

「ケーテ姉さまもそう思う？」

「思う思う」

「へへへ」

照れた後、リーアが言う。

「セルリスちゃん、シアちゃんやニアちゃんも、小さいのにすごいのね」

「竜やヴァンパイアロードならともかく、レッサーやアークならシアたちの敵ではないだろうからな」

「そうなの！　すごいのよ！」

「でも、リーアだって、活躍したんだろう？」

「リーアは体が大きいもの。シアちゃんたちは小さいのにすごいのよ」

リーアはシアたちに一目置いたようだ。

そして、ケーテとドルゴは門から飛び立ち、俺は一旦屋敷に戻った。


屋敷ではミルカが待っていてくれた。

「おかえりだぞ！　朝ご飯は食べるかい？」

「いや、すまない。食べてきてしまった」

「そっかー」

続けてルッチラとゲルベルガさま、タマもやってくる。

「向こうはどうでしたか？」

「ココッ」

ゲルベルガさまはパタパタ飛んで、俺の胸元に飛び込んできた。

俺はゲルベルガさまをぎゅっと抱く。

タマは俺の周りをくるくる回った。タマのことも撫でてやる。

「フィリーにも説明したいから、みんなを集めてくれないか」

「先生を呼んで来ればいいのかい？　任せておくれ！」

そう言うとミルカは走っていった。

すぐに全員が居間に集まる。

ミルカ、ルッチラ、ゲルベルガさまにフィリーとタマだ。

それに、昨日参加した、シア、ニア、セルリスもやってくる。

最初に俺は魔道具を取り出した。

昏き者どもが水竜の結界を破るのに使ったと思われる魔道具だ。

「フィリー、これを見てくれ」

「ほう。愚者の石で作られたものだな……。ふむ？　結界を破るための魔道具だろうか？」

「よくわかったな。その通りだ。破られたのは神の加護ではなく水竜の結界だが」

「ふむう。厄介なことだなぁ」

フィリーは呻（うめ）くように言う。

心配したタマがフィリーの手をぺろぺろ舐めた。

「がう」

タマの真似（まね）をしたいのか、ガルヴも俺の手をぺろぺろ舐めた。

俺はシアたちに向けて言う。

「昨日はシア、セルリス、それにニアも活躍したそうじゃないか」

ニアがゆっくり首を振る。

「セルリス姉さまやシア姉さまは活躍されてましたが……私は逃げまどっていただけです」

「そんなことないわよ？　ちゃんとアークヴァンパイアを狩ってたじゃない」

「ほう、アークを？　それはすごい」

俺が褒めると、ニアは複雑な表情になった。

「あれは……たまたまで」

ニアはヴァンパイアや魔装機械の攻撃から必死に逃げていたのだという。

避けるので精いっぱい。攻撃に転じることなどできそうもない。

だが、逃げた先、目の前にアークヴァンパイアが背を向けて出現したのだという。

「魔装機械と戦っていた水竜さんに攻撃を仕掛けるために、霧になって移動してきたようでした」

「なるほど。それで倒せたと」

目の前に出現したアークヴァンパイアに、ニアは驚き、咄嗟に剣をふるった。

すると、アークヴァンパイアの首が飛んだのだという。

「ですから、本当にたまたまです。私はレッサーから逃げまどっていただけです」

「咄嗟に剣をふるったとしても、たまたまでアークの首が落ちるものか。日々の鍛錬があったからこそだ」

咄嗟だからこそ、なおさら力量が問われるというもの。

ニアはまだ幼いのに優秀だ。

「そうよ。もっと自信を持っていいわ！」

セルリスはニアを褒めながら、頭を優しく撫でていた。

「むしろ私たちの方こそ、活躍したっていうほどのことじゃないの」

「魔装機械は水竜さんたちに全部お任せしたでありますしね……」

「魔装機械は強いから仕方ない」

俺は改めて皆に昏き者どもの基本戦術を説明する。

昏竜や魔装機械と戦っているところに、霧になって近づくというやつだ。

もちろんシアたちもすでに気付いているだろう。

その上で、忘れてはいけないことが一つ。

「レッサーやアークヴァンパイアだけならともかく、魔装機械まで襲撃に加わっているのなら、これ以上は危険すぎる」

「……私たちは水竜の集落の防衛に参加するなってことかしら？」

「その通りだ」

シアたちは何も言わない。黙って会話を見守っている。

「昨夜の活躍は認める。だが、危険性が高すぎる」

「ロックさんの言いたいことはわかるわ。でも……」

「昨日見て、気が付いただろう。魔装機械は危なすぎるんだ」

「よくわかるわ。でも、今まで以上に充分に用心するから……」

「だめだ」

用心してどうにかなるレベルではない。

セルリスは食い下がったが、シアとニアは神妙な表情をしていた。

「確かに……。あたしたちには少し荷が重いのは確かでありますが……。水竜の皆さまだけでは被害が出かねないと思うでありますよ」

シアの指摘も正しい。

アークヴァンパイアの奇襲に対応するにはシアたちの役割を果たす者が必要だ。

とはいえ、魔装機械の出現する戦場にシアたちを連れていくことはできない。

「……それでもだめだ」

「無茶はしないから！」

「だめだ」

セルリスは少し粘ったが、俺ははっきりと拒絶した。

セルリスは悔しそうだ。涙目になっている。

かわいそうな気もするが、許可して死なれるよりましだ。

「残念ですが……。私が行ったら足手まといになってしまいます」

ニアも悔しそうだが、前向きな雰囲気がある。

逃げまどうしかなかった自分の力量不足を痛感しているのだろう。

セルリスに、シアが笑顔で言う。

「まあ、魔装機械はちょっと手に余るでありますからね！」

「でも……。ヴァンパイア相手にになら……私だって」

「それはそうでありますが、ニアだけでなく、あたしたちも足手まといでありますよ」

水竜は心優しい。いざというとき、セルリスたちをかばってくれるだろう。

その場合、もしセルリスたちが助かっても、水竜たちに被害が出てしまう。

それはセルリスたちも望まないことだろう。

「じゃあ、セルリス、あたしたち狼の獣人たちと同行するでありますか？」

「……いいの？」

シアが俺の方を見る。

「ロックさん、今は敵の本拠地をつぶす流れでありますよね？」

「……よくわかったな。その通りだ」

「このままだと大きな被害が出そうでありますからね」

エリックやドルゴたちと出した結論はまだ話していない。

シアはBランク冒険者としての経験で的確に状況を判断したのだろう。

「陛下は恐らく、我ら狼の獣人族にヴァンパイアの情報を求めるでありますよ」

「そうだろうな」

「その上で、あたしたちが水竜の集落でできることが少ないのなら、できることをするだけであります」

それにも危険はもちろんある。

だが、一方でそれは冒険者として当然の危険でもある。

「シア。ぜひお願いします。連れていってください」

セルリスはシアに頭を下げる。

それでも、俺はこのままでは賛同はできなかった。

俺の懸念をよそに、シアは優しい笑顔を浮かべた。

「セルリスが手伝ってくれるなら、心強いでありますよ！」

「セルリスさん。お願いしますね」

ニアも笑顔だ。

セルリスは剣の腕は素晴らしい。

剣自体も俺がヴァンパイアハイロードから奪ったものを使っている。

申し分のない戦力だ。

だが、忘れてはいけない。

ヴァンパイアには魅了がある。

狼の獣人族は魅了が効かないから、ヴァンパイア狩りを生業としているのだ。

いかにセルリスの剣の力量が高くとも、魅了にかかればひとたまりもない。

「セルリス。待ちなさい」

「ロックさん。シアたちと一緒に戦うのも反対なの？」

「ヴァンパイアは魅了が恐ろしいからな」

「……」

「だから、魔道具を手に入れてからにしよう。出発はそれからにしてくれ」

「魔道具？」

セルリスがきょとんとする。よくわかっていなさそうだ。

「精神抵抗を高めるアクセサリー的な、そういうものだ」

「そんなものが……売っているのかしら？」

「珍しいが、探せばあるだろう」

かなり高価なはずだが、お金は何とでもなるだろう。

問題は、品自体があるかだ。

見つかればよし。見つからなくとも、一旦セルリスを足止めできる。

それは汚い考えだ。誠実ではないと思う。

それでもセルリスが死ぬよりはいい。

セルリスが心配そうな表情になった。

「でも、高いんでしょう？」

「セルリス。冒険者にとって大切なことを教えておこう」

「なにかしら？」

「金で解決できることは、金で解決すべきだ」

「……なるほど」

セルリスは納得してくれたようだ。

生存率を高めるために、お金を惜しんではならない。

それが冒険者の鉄則だ。

「フィリー、錬金術で、そういうアイテムって作れないでありますか？」

「ううむ！　シアは難しいことを尋ねるものだ！」

シアの問いに、フィリーが真面目な表情で考え込む。

確かにそういうアイテムは錬金術の範疇（はんちゅう）という気がしなくもない。

「素材は作れるし、いいところまでいけると思うのだが……魔法も組み合わせないと厳しいと思うのだ」

「そういうものなのでありますね」

「じゃあ、先生の錬金術と、ロックさんの魔法で作ればいいんじゃないのかい？」

「ほむ？」

ミルカの言葉を受けて、フィリーが俺の顔を見る。

「がう？」

「わふ？」

「ここ？」

ガルヴとタマ、ゲルベルガさままでこっちを見ていた。

期待のこもった目だ。

「魔道具はあまり作ったことがないからな……」

「ロックさんにも苦手（にがて）なことがあったでありますね」

別に苦手ではない。知らないだけだ。

作り方さえわかれば、並の魔道具職人よりうまく作れる自信はある。

とはいえ、作り方を知らなければ始まらない。

「王宮の図書室辺りで、魔導書を閲覧させてもらおうかな」

恐らく昔の魔導士が何らかの書物に残しているだろう。

禁忌だったり、秘術だったりしなければ、大概魔導書が残っているものだ。

精神抵抗を上げる魔道具は別に、禁忌でも秘術でもない。

基礎理論さえわかればいい。応用で効果を高めるのは得意だ。

「早速、王宮に行ってくる。くれぐれも勝手にヴァンパイア狩りに出かけたりするなよ？」

「わかっているわ。……あの」

「どうした？」

「ロックさん、ありがとう」

「気にするな」

俺は所用で水竜の集落の防衛に向かうのが遅くなるとモーリスに腕輪で告げる。

それから一人で地下の秘密通路に向かうことにした。

図書室に向かうので、ガルヴはお留守番だ。

「エリックに先に連絡しておいた方がいいな」

俺は通話の腕輪を使うことにした。

いつもの集団通話モードではなく、個別モードで連絡する。

『む？　図書室とな？』

「そうだ。精神抵抗を高める魔道具の作り方を調べたいんだ」

『そのようなものがあっただろうか……、とりあえず、司書に言っておこう』

「ありがとう、手間をかける」

『いや、いい。それよりもガルヴとゲルベルガさまを連れてきてくれ』

「む？　何か用か？」

『いや、娘と妻がな……』

「なるほど。あ、そうだ。それなら、タマも連れていこうか？」

『いいのか？』

「フィリーに頼まないといけないがな。図書室の閲覧、フィリーも一緒でいいだろう？」

『もちろんだ』

フィリーも一緒に調べてくれれば助かる。

魔道具の素材は、錬金術の領分だからだ。

俺は改めて獣たちとフィリーを連れて王宮に向かう。

フィリーは、念のために一応覆面をつけている。

フィリーがどこにいるかは、機密なのだ。

秘密通路を通り抜けると、エリックが待っていてくれた。

そして、エリックの妻レフィ、娘のシャルロット、マリーに獣たちを預ける。

レフィたちは大喜びで撫でていた。

「がうー」

「こっこ！」

「わふ」

ガルヴたちも嬉しそうなので、何よりである。

そして、俺とフィリーは図書室に向かった。

国王であるエリックから特別許可を得ているので、閲覧禁止の書物も読める。

「おお、これは……興味深いのだ」

フィリーは今回の件と関係ない書物にひかれているようだった。

「フィリー。気持ちはわかるが、今は目的を優先してくれ」

「わかっている」

「今度、エリックに言ってまた入れてもらおう」

「よいのか？」

「ああ、エリックも嫌とは言うまいよ」

そして、俺とフィリーは図書室で資料探しに集中した。

王宮の図書室はかなり広かった。

さすがは歴史あるメンディリバル王家の図書室である。

正確な数はわからないが、所蔵されている本も万単位でありそうだ。

「とりあえず、魔法系の本は俺が探そう」

「では、フィリーは錬金術系の本を見て回るとしよう」

そう言って二人で手分けして本を探す。

魔法系の本だけでも、数千冊はありそうだ。

錬金術系の本も数千冊はあるだろう。

当然だが、なかなか目当ての本が見つからない。

「フィリー、よさげな本は見つかったか？」

「見つからない……。ロックさんの方はどうだ？」

「こっちも、成果がない」

フィリーがつぶやいた。

「少し舐めていたと言わざるを得ない」

「そうだな……」

そんなことを話していると、司書が話しかけてきた。

「何をお探しですか？」

眼鏡(めがね)をかけた栗色の髪の女性だ。

年が若いのに、王宮図書室の司書を任されるとは、余程優秀なのだろう。

「陛下からお手伝いするよう命じられておりますので、お役に立てることがあれば、なんでもおっしゃってください」

司書は笑顔でそう言ってくれた。

だからお言葉に甘えることにした。

「魔道具の作り方が載っている本を探していまして……」

「魔道具ですか？　どういったものでしょう？」

「精神抵抗を向上させる装備品を作りたくてですね」

「……なるほど。それでしたら――」

司書がそう言って図書室の中を案内してくれる。

「こちらの方に魔道具関係の書物は集まっています」

「ありがとうございます。助かりました」

「いえいえ、仕事ですから」

司書は優しく笑った。

フィリーが言う。

「フィ、いや、私は錬金術の本を探しているだが……」

「錬金術の、どんなジャンルでしょうか？」

「同じく魔道具の素材や理論に関する本があると助かるのであるが……」

「わかりました。それでしたら……」

司書は今度はフィリーを案内していった。

「ありがとう。助かるのだ」

「いえ、仕事ですから」

またそんな会話が聞こえてきた。

俺は俺で本を探す。

司書が案内してくれたエリアは的確だった。

魔道具に関する書物がたくさんある。

俺はパラパラめくって、関係のありそうなところを探していった。

しばらくして、フィリーがやってきた。

「進捗はどうだろうか？」

「そうだな。かなり研究が進んだと思う」

色々書物を調べて、そこで得た知識を頭の中で再構成する。

もう少し情報があれば、精神異常への耐性を向上させる魔道具を作れそうな気がした。

「それは何よりだな！」

「フィリーの方はどうだ？」

「うむ。大丈夫だ。新たな知見が得られたのだ」

「とりあえず、ここでの閲覧はこのぐらいでいいかな？」

「うむ」

俺とフィリーは司書にお礼を言って、図書室を後にした。

外に出ると夕暮れ時だった。

空を見て、フィリーが言う。

「いつの間に日が沈(しず)んでおったのだ？」

「集中していたからな……。気付かなかったな」

正直まだお昼ぐらいだと思っていた。

「もう夕方だとわかったら、急にお腹が減ってきたのだ」

そう言うと同時にフィリーのお腹がぐぅっと鳴った。

「確かに。お腹が減ったな」

俺とフィリーは、侍従に案内されてレフィたちのいる部屋に向かった。

ガルヴ、タマ、ゲルベルガさまを迎えに行くためだ。

部屋に入ると、タマが寛(くつろ)いでいる姿が目に入った。

柔らかそうな長椅子(ながいす)の上にゆったりと伏せている。

タマの横にはエリックの長女シャルロットがいて優しく撫でていた。

一方、ガルヴは床の上にあおむけになっていた。

エリックの妻、レフィに甘えているようだ。

エリックの次女、マリーはゲルベルガさまを抱いている。

ゲルベルガさまもマリーに大人しく抱かれていた。

「ガルヴたちがお世話になったな」

「あらー、もう連れて帰っちゃうのね」

レフィが残念そうにする。

「ガルヴとタマはいい子にしてたか？」

「とってもいい子だったわよ」

「そうか。それならよかった」

「ゲルベルガさまがいい子だったか聞かないのかしら？」

「神鶏さまに、いい子も悪い子もないだろう」

「それもそうかもしれないわね」

そう言って、レフィは笑った。

「それで、いい資料は見つかったのかしら？」

「おかげさまで」

「それはよかったわ」

マリーがゲルベルガさまを抱いたまま歩いてくる。

「たいこうかっか。こんにちは」

「これは王女殿下。ご機嫌麗しゅう」

「げるべるがさまが、遊んでくれました」

「それは、それは。よかったです」

「ここっ」

ゲルベルガさまも機嫌がいい。

シャルロットもこちらに歩いてきた。傍らにはタマが付き添っている。

「フィリーさま。タマはとてもいい子なのですね」

「過分なるお言葉、ありがとうございます」

フィリーはそう言うと礼儀正しく頭を下げた。

そんなフィリーにレフィが言う。

「フィリー。隣の部屋にお行きなさい」

「はい。何か御用でしょうか？」

「ご両親を呼んであるの。折角(せっかく)だしお話ししていきなさいな」

「王妃陛下。ご配慮ありがとうございます」

フィリーの両親、マスタフォン侯爵夫妻は王宮に住んでいる。

枢密院(すうみついん)に入って、ヴァンパイア調査に携わっているのだ。

フィリーはタマを連れて、隣室に向かった。


フィリーを見送ってから、レフィが笑顔で言う。

「フィリーはしばらくご両親とお話しさせてあげましょう」

「そうだな、それがいい」

「今日は王宮に泊めて、明日エリックに送らせるわ」

「エリックは忙しいんじゃないのか？」

「忙しいでしょうね。でもどうせ、ロックの屋敷に行くでしょう？」

「……かもしれないな」

エリックはことあるごとに俺の屋敷に来ている。

そのついでにフィリーを送ってくれるなら問題ない。

「エリックを借りてばかりいるみたいで悪いな」

「それはいいのだけど……」

「何か別に問題が？」

「エリック。最近食べすぎだと思うのよねー」

「あぁ……」

うちと王宮で二回食事していることについてだろう。

「ロックからも、エリックに言ってちょうだい」

「わかった。言っておこう」

「お願いね」

そして、俺は王女たちに挨拶(あいさつ)をして屋敷に帰った。

ガルヴとゲルベルガさまと一緒だ。

「ここぅ」

地下通路を歩いている間、ゲルベルガさまは俺の肩に乗って、機嫌よく鳴く。

「ゲルベルガさま、楽しかったか？」

「こう！」

ゲルベルガさまは羽をバタバタさせた。

「そうか、よかった」

王女たちと遊んで、楽しかったようだ。

「がうがう」

ガルヴも楽しそうに秘密通路を走っている。

「ガルヴも楽しかったか？」

「がう！」

一声鳴いて、俺にぴょんぴょん飛びつくと、顔を舐めてきた。

「楽しかったなら何よりだ」

俺はそんなガルヴを撫でまくった。

ゲルベルガさまたちとわいわいしながら屋敷に戻ると、ミルカが出迎えてくれた。

ゲルベルガさまと会いたかったのか、ルッチラもいる。

「ロックさん、おかえり！　夜ご飯は食べるかい？」

「ああ、頼む。いつもすまない」

「気にしないでおくれ。これがおれの仕事ってやつさ！」

ゲルベルガさまが、俺の肩からルッチラの方に飛ぶ。

「こここぅ」

「ゲルベルガさま、どうでしたか？」

「こここ！」

「それはよかったです！」

ミルカが俺の後ろを見て言う。

「あれ？　フィリー先生はどうしたんだい？」

「ご両親と久しぶりに会って話をしてる。今日は王宮に泊まってくるらしい」

「そっかー。じゃあ、タマも先生と一緒ってことかい？」

「そういうことだ」

その後、ミルカとルッチラは食事の準備をしに台所に向かう。

一方、俺はガルヴと一緒に居間に向かった。

居間にはケーテとドルゴがいた。

「お、ロック。帰ったのであるな！」

「ただいま。敵の本拠地の情報は何かあったか？」

「まだ、何とも言えないのである」

「ほう？」

情報がまったくないというわけではなく、何とも言えない。

つまり、不確かな情報はあるらしい。

そんな推測をしていると、ドルゴが言う。

「敵の痕跡は巧妙に隠されておりましたが……、魔獣の生息数の変化などから、いま怪しい場所を絞っているところです」

「魔獣の生息数の変化から、何かわかるのですか？」

「昏き者どもは大半の魔獣たちにとっても天敵ですから。ハイロード、もしくはその上の『至高の王』の率いる勢力が存在すれば変化が現れます」

「魔獣たちは昏き者どもの餌(えさ)にもなるのである」

逃げたり、狩られたりするので、魔獣の生息数が減るだろうと考えているようだ。

「本当は人族の生息数の変化も知りたいのであるが……」

「我らには、調べにくいですからね」

ドルゴはともかく、ケーテはゴブリンと人族の区別もいまいちついていないレベルだ。

それに、そうでなくとも、ケーテたちが人族の集落の上空を飛べば、驚かせてしまう。

「人族の数はエリックたちに任せればいいでしょう」

そんなことを話している間、ガルヴはケーテにじゃれついていた。

ケーテの肩に手を置いて、顔をぺろぺろ舐めている。

そんなガルヴをケーテも機嫌よく撫でまくっていた。

そこにセルリスとシアがやってくる。

二人とも汗だくだった。恐らく特訓でもしていたのだろう。

「シア、セルリスおかえり」

「ただいまであります！」

「ただいま帰りました」

「ニアはどうした？」

「ニアも一緒に特訓していたのでありますが、直接ミルカさんの手伝いに行ったでありますよ」

「それは大変だな」

いくら徒弟とはいえ、特訓の後ぐらい少し休んでもいいと思う。

ニアはとても真面目だ。

俺はニアに代わってミルカを手伝うために台所に向かうことにする。

そうして立ち上がりかけたとき、セルリスがもじもじしながら言った。

「あの、ロックさん。どうだったかしら？」

「魔道具のことか？」

「はい」

「一応、研究は進んだ。さらに深めないといけないだろうが……。なるべく急ぐからもう少しだけ待っていてくれ」

「わかったわ。ロックさん、ありがとう」

そこでケーテが首をかしげた。

「そういえば、今日は図書室に行っていたとミルカに聞いたのである。魔道具について調べていたのであるか？」

「そうなんだ。フィリーと一緒に王宮の図書室に行ってきた」

ドルゴが魔道具という言葉に反応した。

「魔道具ですか。一体どのような？」

「精神抵抗を上げるアクセサリー的なものを作りたくて……」

俺はセルリスにアクセサリーを装備させたい事情を説明した。

「なるほど……」

「確かに、魅了は怖いのである」

少し考えて、ドルゴが言う。

「精神抵抗を高める魔道具。ふむ。それならば、力になれるかもしれません」

「本当ですか？」

「我ら風竜族は錬金術が得意な竜族ですからね。それなりの資料があると思います。ロックさんのお役に立てるかはわかりませんが」

「それは助かります！」

フィリーが帰ってきたら、風竜王の宮殿に連れていってもらうことにした。

第七章

次の日、フィリーはエリックに送られて帰ってきた。タマも一緒だ。

早速、タマが俺(おれ)の顔を舐(な)めてくる。

俺はタマを撫(な)でながらフィリーに聞く。

「ご両親はお元気だったか？」

「元気だったのだ。昏(くら)き者どもの対策で忙しいらしいのだが……」

エリックが笑顔で続けた。

「マスタフォン侯爵夫妻には今回の件で本当に尽力してもらっている」

「それは助かる。枢密院(すうみついん)でってことだよな？」

「もちろんだ。機密を扱える優秀な官僚はいつでも足りないからな」

エリック直属の枢密院が中心になって、現在内偵などを進めている最中だ。

官憲の主務省庁である内務省には内通者がいる疑念が掛かっている。

だからこそ、枢密院の役割が大きいのだ。

もと財務卿(ざいむきょう)でもあるマスタフォン侯爵は、文官として活躍しているのだろう。

フィリーの帰宅に気付いたミルカが走ってくる。

「先生おかえりなさい！」

「ただいまだ。昨日は授業できなくてすまない」

「気にしないでおくれよ！　出された課題をやっているからな」

「素晴らしい。今日はしっかり……」

フィリーはこのあと授業をする気のようだ。だが、今日は風竜王の宮殿に行かねばならない。

「すまない。フィリー。それにミルカも」

「む？」

「ドルゴとケーテが、風竜王の宮殿の資料を見せてくれると言ってくれていてな」

「それは、興味深いのだ」

ミルカが慌てたように言う。

「おれのことは気にしなくていいんだぞ！　課題はまだまだたくさんあるからな！」

「ミルカ、すまない」

「いやいや。ロックさんも気にしないでおくれよ！」

フィリーは朝食後に改めてミルカに課題の指示を出した。

そして、俺とフィリーはドルゴとケーテと一緒に風竜王の宮殿に向かった。

ガルヴとタマも一緒だ。

転移魔法陣を通るので一瞬である。

今はドルゴとケーテは人の姿だ。

「これが、風竜王の宮殿……」

「わふぅ」

フィリーとタマは驚いている。

竜サイズで作られた宮殿なので、全体的にとても大きいのだ。

「書庫はこちらである」

「ついて来てください」

ケーテとドルゴに案内されて書庫へと向かう。

書庫は魔法で、厳重に封をされていた。

「かなりしっかりと防御しているんだな」

「もちろんである。書物は貴重品ゆえな。宮殿でロックが火炎魔法をぶっ放したときも、ちゃんと延焼を防いだのであるぞ」

「それは、……すごい」

「……わふ」

フィリーとタマが驚き、ケーテはどや顔をしている。

「ここが書庫である」

書庫に入ると、ケーテはまたもどや顔をした。

「とても大きい本だなぁ」

フィリーは驚いてきょろきょろしていた。

「わふわふ」

そんなフィリーの周りをタマがぐるぐる回る。

風竜王の宮殿に来てからのフィリーは驚きっぱなしだ。

「がう」

一方、ガルヴは本棚に対してまるで興味を示していなかった。

ひたすら俺の背に鼻を押し付けている。

「竜の読み物であるからな。サイズも大きいのだ」

「なるほどな。ところでケーテ、錬金術の棚はどのあたりに？」

「……えっと、このあたり全部であるなー」

ケーテが壁一面を指さした。

竜の書庫だ。部屋の幅がとても広い。天井（てんじょう）も当然高い。

具体的に言うと、幅は成人男性の身長の五十倍ほど。

高さは十倍ほどだろうか。

あまりに大きすぎるので感覚が正しいのかわからないレベルだ。

「大量だな」

「探すだけでも何日もかかりそうなのだ」

一冊の本が巨大だとはいえ、本棚がさらに巨大だ。

蔵書量がものすごい。

「これは大変だ」

フィリーは口ではそう言うが、目が輝いていた。

大量の本を前にして、興奮しているのかもしれない。

あくなき知識欲だ。

ドルゴが落ち着いた口調で言う。

「基本、すべての本は禁帯出(きんたいしゅつ)、持ち出し禁止です」

「わかっています」

「読ませられない本もあります」

「それはそうでしょう」

錬金術の得意な、風竜族。その王の書庫だ。

一子相伝の術の類(たぐ)いだったり、禁術的なものもあるのだろう。

「ご自由にご覧くださいとは、残念ながら言えません」

「はい、一部の本を読ませていただけるだけで助かります」

「ご理解感謝いたします」

俺とドルゴの会話を聞いて、フィリーは少し残念そうだった。だが仕方ない。

ドルゴは、本棚に近づき、本を数冊とってきてくれる。

一辺が成人男性の身長ぐらいある本だ。

厚さも俺のひざの高さぐらいまである。装丁は美しい見事なものだった。

本が机の上に載せられると、ガルヴもようやく興味を示した。

一生懸命匂いを嗅いでいる。

「実際に触れてみると、なおさら大きく感じますね」

「竜の読む本ですから」

「なるほど」

体の大きな竜ならこのぐらい大きい方が扱いやすいのかもしれない。

俺は本のページをめくった。

表紙は分厚く重かった。だが中の紙はとても薄い。

そして、人族の書物と文字の大きさは変わらない。

「一ページの文字量がものすごいですね」

「竜の書物ですから」

「それにページ数も……」

「それも、竜の書物ですから」

ドルゴは笑顔だ。

本の表紙を必死の形相でめくったフィリーが言う。

「これは……身体が鍛えられるのだ」

「重いのは表紙だけだから安心しろ」

「それは、安心だが……。ロックさんの言う通り、随分と一冊当たりの文字の量が多いのだな」

一ページの面積が人族の本の何十倍とあるのだ。だが、文字の大きさは変わらない。

それに紙が薄い。その上、本自体の厚さは人族の本の何倍もある。

一冊当たり、一万ページぐらいあるようだ。

「寿命の長い竜には時間があるのだ。だから、本はそうなりがちである」

どや顔でケーテが言った。

ケーテの竜の本に関する説明は腑に落ちる。

読む側も、そして書く側も、時間があるので長大になるのだろう。

「なるほど。体の大きさだけではなく、寿命の長さも書籍のあり方に影響をあたえるんだな」

「考えさせられるのだ」

フィリーも感心している。

「とはいえ……」

俺は困った。

情報量が多いのは素晴らしい。まさに夢のような本と言える。

だが、これを読むのは大変だ。

俺もフィリーも寿命のある人族なのだ。

そして、あまり時間を費やしていては、水竜の集落が襲われてしまう。

「さすがに、時間がかかりすぎるのだ……」

好奇心旺盛で、知識欲も豊富なフィリーでも困っていた。

俺とフィリーの様子を見て、ドルゴが言う。

「ケーテ。ロックさんたちに、読むべき場所を教えて差し上げなさい」

「え？」

「え？　ではない。教えたはずだな？」

「確かに教えてもらった覚えはあるが、人に教えるのはあまり得意ではないのである」

「ケーテ」

「わかった。わかったのである」

二度ドルゴに言われて、ケーテは深呼吸した。

「我ら竜族も暇なわけではないのである」

「え？　そうなのか？」

思わず失言してしまった。ケーテが暇そうに見えるからだ。

ドルゴは忙しそうだから、暇なやつばかりではないというのはわかる。

「そうなのである」

だが、ケーテは特に気にしていないようだった。

「とはいえ、長い一生、たまには暇な時もあるのである。そういう時はゆっくり本を読むのだ」

「なるほど。それはうらやましいな」

「うむ。だが、忙しいとき、いちいちこんな分厚くて巨大な本を読んでいられないのである」

「竜もそうなのか。……いや、そりゃそうか」

知りたい情報があって調べるとき、巨大な本は不便極まりない。

「もちろん、そりゃそうなのであるぞ」

「ということは、竜族は対策を持っているのだな？」

フィリーがケーテに対して、身を乗り出すようにする。

「そうである。その魔法を教えるのである」

「……魔法は、フィリーは苦手なのだ」

「それなら、我がフィリーの代わりに魔法を使うのだ。とりあえず、先にロックに魔法を教えるのである」

それからケーテは俺に魔法を教えてくれた。

本の中に書かれている文字列を探し出す魔法だ。

「このようにすると、知りたい文字列が光るのである。本を外から見てもわかるぐらい光るから、便利なのである」

「ほほう、それは助かる」

「ロック、試しに一回、やってみるのである」

俺は教えてもらったばかりの魔法を使う。

すると本の各所が光り始めた。

「おお、すごいのである。一発で習得してしまったのだな。我は使えるようになるまで結構かかったのである」

「ケーテの教え方がいいからな」

「がっはっは、照れる」

それから俺は魔法をかけて、本の中から必要な個所を探していった。

「フィリー。フィリーは何が知りたいのであるか？」

「そうだなー……」

聞かれたフィリーが文字列を指定して、それをケーテが魔法で探す。

そんな感じで、フィリー、ケーテ組は本を読んでいった。

魔法を使って目当ての文字列を探し、実際に読んで欲しい情報か判断する。

やってみると、思いのほか脳みそが疲れる感じがした。

そうして一通り調べ終わる頃には夕方になっていた。


「もう。もう。何も考えられないのである」

ケーテがぐでっとして、机に突っ伏した。

「ケーテ、お疲れさま。ありがとう」

「ケーテ、助かったのだ！」

フィリーも疲れた表情だが、ケーテほどではない。

「いやいや。気にしなくていいのである」

近くにいたドルゴが言う。

「ケーテ。頑張ったな」

「父ちゃんが我を褒めるとは、珍しいことなのである」

そう言って、ケーテは、がははと力なく笑った。

本当に疲れていそうだ。

「だがケーテ。これだけのことでそこまで疲れるのはさぼっていたからだぞ。ロックさんを見てみろ」

「む？」

ケーテが俺の方を見る。

「ロックさんは、魔法を使って探し出して、読んで判断して、また魔法を使って。つまりケーテとフィリーさんの二人分の働きをしていたのだ」

「ロックは……本当に人族であるか？」

「もちろん、人族だ」

「人族とは恐ろしいものであるなー」

「ロックさんが特殊なのだ」

フィリーがそう言って笑った。

「もちろんロックは特殊というか、異常というか、化け物みたいなものであるが……」

ケーテの言い方が結構酷い。

「フィリーも大概であるぞ。脳みその回転が速すぎるのである」

「そうかな？」

フィリーが首をかしげていた。

「我もフィリーの読んでいるところを一緒に読んでいたのだが……。全然ついていけなかったのである」

「フィリーは普段から読書をよくしているからだと思うのだ」

フィリーがそう言うと、ドルゴが首を振る。

「フィリーさん。基本的に竜族は人よりも読書スピードがはるかに速いのです」

「なるほど。それは、知りませんでした」

「ケーテがさぼっていたことを差し引いても、読解の速さで風竜王に勝つとは……。錬金術の天才とお聞きしておりましたが。心底驚きました」

「過分なお言葉をありがとうございます」

ドルゴに褒められて、フィリーは照れていた。

「ロック。フィリー。よさげな魔道具は作れそうであるか？」

「ああ、頭の中にはもう魔法回路の設計図はできている。フィリーはどうだ？」

「フィリーも準備完了なのだ。素材も……。少しだけなら手持ちでいけると思うのだ」

どうやらやっと、魔道具製作に入れそうだった。

それから、俺たちは王都の屋敷に戻った。

フィリーの研究室で魔道具製作を行うためだ。

ケーテとドルゴも、人型になって俺たちと一緒に屋敷に戻る。

ケーテがおずおずと言う。

「ロック、あの……」

「どうした？」

「魔道具製作を、見たいのだが……だめであろうか？」

「いや、構わないが……フィリーはどうだ？」

「もちろん構わぬ」

フィリーからも許可が出ると、ケーテは嬉しそうに尻尾を振った。

「ドルゴさんも、どうぞ」

「ありがとうございます。実は私もとても興味がありましたので」

竜の貴重な資料を読ませてもらったのだ。

その技術を使って製作するのだから、当然その成果は共有すべきだろう。

フィリーの研究室にはミルカがいた。

「先生！　見学させておくれ！」

「構わぬぞ。ロックさんはどう思う？」

「もちろん構わない」

「やったー」

ミルカも魔道具製作に興味があるらしい。

とはいえ、素人が見てわかるようなものではない。

それでも、雰囲気だけでも感じてもらえればいいだろう。

ここで興味を持って、その道に進むのなら、それはそれで素晴らしいことだ。


その後さっそく製作に入った。

まずはフィリーが基本構成を図面に起こしてくれた。

「ロック、意見をくれないか」

「わかった」

フィリーの図面はかなり精巧だった。

必要な魔法陣なども同時に提案された。

それに対して、俺は魔法側の理論を説明して議論を発展させていく。

「それなら、こういう魔法陣の方がいいのでは？」

「なるほど。そういうことなら、フィリーは……」

話し合いは、思いのほか楽しかった。

いい魔道具ができそうだ。

しばらく話し合った末、フィリーが宣言する。

「よし、これで決まりである！」

「わーわー」

ミルカが嬉しそうにはしゃいでいた。

俺はドルゴに尋ねる。

「ドルゴさんはどう思われました？」

「……成功すれば素晴らしいかと」

少し含むところがありそうな言い方だ。

ケーテが真面目（まじめ）な顔で言う。

「本当にできるとは思えないのである」

「そうかもしれない。ただ、失敗したら、また新たに考えればいいだけだ」

「それもそうであるな」

どうやら、ケーテとドルゴはうまくいかないと思っているようだ。

フィリーが使う予定の手法は、錬金術の得意な風竜族から見ても難しいらしい。

「まあ、風竜王陛下の懸念（けねん）もわかるのだ。今はただ見ていてほしい」

一方、フィリーは自信があるようだ。

俺たちが注視する中、フィリーは魔道具の製作に入る。

まずは素材の精製からだ。

オリハルコンやミスリル。

魔石や少量の賢者の石などを用いて進める。

俺も製作の途中でタイミングよく魔法を行使する。

的確に魔法陣を刻むのだ。

そうして小一時間かけて、魔道具が完成した。

「初めてにしては、なかなか息の合った素晴らしい出来ではないか？」

「そうだな。試作品にしてはいい出来だ」

俺とフィリーが休憩がてら会話していると、ケーテがわなわな震える。

「ロ、ロック、それにフィリーよ……。それを見せてもらっても、いや、触ってもよいであろうか？」

「好きに見てくれ。ただの試作品だ」

ケーテとドルゴはたったいま俺たちが作った魔道具を穴が空くほど見つめ始めた。

その横で俺とフィリーは相談を始める。

「もう少し、この個所を……」

「確かに。改良の余地があるな」

実際に作ってみて初めてわかることもある。

魔道具を調べていたドルゴが少しショックを受けていた。

「なんという……。我らが作った魔道具より素晴らしい出来です」

「ありがとうございます。お世辞でも嬉しいです」

「お世辞などではありません。いいものを見せていただきました。そのような手法が可能だったの

ですね」

「勉強になったのである。ありがとう」

ドルゴとケーテにお礼を言われてしまった。

恐らく本当にお世辞だろうが、錬金術を得意とする風竜族に褒められると嬉しいものだ。

続けて俺とフィリーは本製作に入る。

再度、小一時間かけた。今度は満足のいくものができたと思う。

完成した魔道具は腕輪形式だ。

身につけると体内の魔法回路に作用して、精神抵抗が向上する。

「これを身につければ、ヴァンパイアハイロードの魅了も容易には通じまい」

「うむ、満足のいく品ができた」

あとはこれをセルリスに渡せば安心だ。

そんなことを考えているとフィリーが言う。

「さて……。作っている最中に考えたのだが……この部分を簡略化して、素材も安価なものに代えれば……」

「なるほど。量産化か」

「うむ。大量生産というほどは無理だが、一個中隊や大隊程度に配る程度なら……可能ではないか？」

簡略化したぶん能力は落ちる。それでもロードの魅了にはあらがえるだろう。

もし量産化できれば、兵士や騎士、冒険者に配ることができる。

それを聞いていたドルゴが、少し考えてから口を開いた。

「それなら……」

さすがは錬金術が得意な風竜族の先王。

品質をあまり落とさずに作りやすくする技法を提案してくれた。

ケーテとミルカは、その横でずっと「ふんふん」言っていた。

フィリーが考えながら言う。

「それならば、もっと大量のミスリルが欲しいな。できれば魔石も……」

「わかった。何とかしよう」

もし量産化できれば、昏き者どもとの戦いを有利に進めることができるだろう。


俺はその場でゴランとエリックに連絡を取った。

「ゴラン、エリック。ミスリルと魔石が欲しいんだが、なんとかならないか？」

『そりゃ、なんとでもなるが、何に使うんだ？』

俺は事情を説明した。

『ほう？　それはよい。資金は国庫から出そう。ゴラン、頼む』

『ミスリルも魔石も、金さえあれば集められるものだからな、任せておけ』

放っておいても、魔石は冒険者が日々買取に持ち込んでくる。

ミスリルも鉱山からせっせと街に運ばれてくるものだ。

ゴランに素材の手配を頼むと、俺たちはセルリスのところに行く。

「セルリス。魔道具ができた。つけてみてくれ」

「……ロックさん、フィリーさん。ありがとう、本当にありがとう」

セルリスはものすごく喜んでいた。すでに涙ぐんでいるほどだ。

「セルリス、よかったでありますね」

「セルリス姉さま、これで一緒に冒険できますね」

シアとニアも喜んでいる。

だが、俺としてはまだ安心できない。

「セルリス、その腕輪をつけて、庭に出てくれ」

「え？　わかったわ」

庭に出ると、俺はセルリスとケーテに並んでもらった。

そして、幻術をセルリスとケーテにかけた。

精神抵抗の強さを見るためだ。

「えっと……熊が見えるわ」

セルリスはきょとんとしていた。

「ふむ？　熊であるな。わかったのである。幻術をかけておるのだな？　我には効かぬが」

セルリスもケーテも幻は見えているが、幻術にはかかっていない。

ひとまずセルリスの精神抵抗の向上には成功しているようだ。

「なるほど。ではこれではどうだ？」

俺は徐々に魔力を込めていく。どのくらい精神抵抗が向上しているのか見るためだ。

「ひぁ⁉」

「うおっ」

俺が全力を尽くして、やっとセルリスとケーテをびくっとさせることに成功した。

幻術をかけることに、俺が全力に近い力を出す必要があった。

風竜王のケーテと、ほぼ同じぐらい幻術にかけるのが難しかったのだ。

「これだけ精神抵抗を強化できていれば問題ないだろう」

「やった！　ありがとう、ロックさん！　ケーテも協力ありがとう」

「いやいや。礼には及ばん。ロックに幻術をかけてもらえるなど得難い体験である。それだけでもリーアに自慢できるというもの。……それにしても、ロックはさすがであるな」

「そうか？」

「我は仮にも風竜王であるぞ。精神抵抗の高い竜族の中でも、特に高いのである。その我に幻術をかけるとは」

「ケーテにかけるには時間がかかりすぎるし、魔力消費も大きいから、実戦では難しそうだがな」

「がっはっは、そうであるか！」

ケーテはそう言われてとても嬉しそうだった。

セルリスがほっとひと息吐いて言う。

「これでやっとヴァンパイア狩りに参加できるわ」

「まあ、待て」

「え⁉　まだ何かあるのかしら」

「ゴランに許可をとりなさい」

そう言って俺は通話の腕輪をゴランにつなげた。

『どうした？　ロック。魔石なら……』

「いや、今回の話はそっちじゃなくてだな」

「パパ！」

『む？　セルリスか、どうした？』

セルリスは事情を説明して、ゴランに許可を求めた。

最初は渋っていたが、ゴランも最終的には同意した。


次の日。シアとニアとセルリスは狼(おおかみ)の獣人族に合流するため出立(しゅったつ)することになった。


「気を付けろよ」

「わかっているわ。ありがとうロックさん」

「命が一番大事なんだからな！」

「パパも安心して」

ゴランは本当に心配そうだった。

俺は徒弟のニアにも声をかける。

「ニアも気を付けなさい」

「はい！」

すごく不安だ。

水竜族の集落の防衛さえなければ、俺もついていきたいところだ。

「シア、二人を頼む」

「わかっているであります。全力を尽くすでありますよ」

三人を見送ってから、俺は水竜族の集落に向かった。ガルヴも一緒だ。

「ロック、来てくれてうれしいの」

「いつもありがとうございます」

今回もいつものように水竜の王太女リーアと侍従長モーリスが出迎えてくれた。

ガルヴを散歩をさせながら、集落に対する襲撃について聞く。

最近も毎日のように襲撃はあるらしい。

だが、本格的なものではなく、レッサーヴァンパイアを中心に編成された襲撃部隊で、容易に追い返せる。

それでも、だからといって放置しておくべきではない。

「……今日から夜はこちらに泊まるようにしましょう」

「本当なの？　嬉しいわ」

「それは心強いです」

基本的に、昏き者どもの襲撃は夜に偏(かたよ)っている。

昏き者どもには夜行性なやつが多いのだから当然ともいえる。

モーリスが言う。

「それにしても、なぜレッサーヴァンパイアは攻めてくるのでしょうか？」

「そうですね……。結界の穴を探しているのかもしれませんね」

「穴ですか？」

「昏き者どもは馬鹿(ばか)ではありません。レッサーヴァンパイアをいくら使っても落とせないのはわかっているでしょう。考えられる理由は、偵察が一番有力です」

つまり、近くに本隊が潜んでいるのだ。

レッサーが穴を発見すれば、そこから一気になだれ込むつもりなのだろう。

だからこそ、俺も夜泊まることにしたのだ。

「毎日結界の様子を巡回することにしましょう」

「我らも見回っておりますが、見落としがあるやもしれませぬ。ぜひよろしくお願いいたします」

それから、夜は水竜の集落を防衛し、朝になれば王都に戻ることにした。

そして王都では、フィリーの作った腕輪に魔法をかけて魔道具にしていく。

製造工程を簡素化できたおかげで、俺は最後に魔法をかけるだけでよくなったのだ。
もちろん、セルリスに作ったものに比べたら、性能はかなり落ちる。
だが、近衛騎士などに配れれば、容易に戦力を増強できるだろう。
そして、夜になれば、再び水竜の集落に泊まり込む。
ただのレッサーの襲撃であっても、戦闘に加わることにした。
何か、敵情がわかるかもしれないからだ。
そのような生活を始めてしばらくの間、特に何事もなく平和に過ぎた。

第八章

シア、セルリス、ニアが狼の獣人族とともに出かけて一週間がたった。

俺はその日も水竜の集落に泊まっていた。

ここのところ毎日のように、レッサーヴァンパイアの襲撃がある。

俺はどんな少数の襲撃でも、必ず現場に向かうことにしていた。

当然、俺が到着した頃にはレッサーヴァンパイアは狩られていることの方が多い。

今回もガルヴと一緒に駆けつけると、水竜が申し訳なさそうに言う。

「ラックさん、ありがとうございます。ですが……」

「ああ、もう無事狩られたのですね。何よりです」

「無駄足を踏ませてしまって申し訳ありません」

「いえいえ。万一のために駆けつけているだけなので、何事もなければそれが一番ですよ」

水竜は竜の中でも上位種だ。

そこらのワイバーンやレッサードラゴンなどとはわけが違う。

レッサーヴァンパイアごときでは相手にはならない。

「それにしても……。なぜ毎日襲撃を仕掛けてくるのでしょう。ラックさんのおっしゃられていた結界のほころびを探すという理由ならば……」

「確かに他にもっと効率的な手法はあるかもですね」

「はい」

「ヴァンパイアの上位種は、レッサーを戦力として計算していないので、使い捨てにしているのかもしれませんね」

「そんなものでしょうか？　もしそうなら、楽でいいのですが」

「または、慣れを狙っているのかもしれません」

「慣れですか？」

「はい。集落への敵の侵入を報せる警報が鳴ったとき、どうせまたレッサーだろうと対応がなおざりになるときを待っているのかもしれません」

そして、俺は懸念を伝える。

たとえレッサーでも魔装機械を持ち込むことはできる。

そうなれば、大きな被害が出かねないということだ。

「なるほど。肝に銘じます」

「緊張感を維持することは大変でしょうが……お願いいたします」

「はい！」

そして、俺はガルヴと一緒に水竜の宮殿に戻ってひと眠りした。

朝、起床して、リーアと軽く朝ごはんを食べる。

その後、屋敷に帰還する前に、俺は結界を点検した。

ガルヴを連れて水竜の集落を点検しながらぐるりと一周するのだ。

これはガルヴの散歩も兼ねている。

リーアと水竜の若者たち数頭がついてきてくれた。

人の姿状態のリーアも足が速い。走るガルヴにしっかりついてくる。

「いつものように、リーアも水竜の皆さんも、気付いたことがあったら教えてください」

「ラック、わかったの」

「お任せください！」

「ガルヴも気付いたことがあったら教えてくれ」

「がう！」

ガルヴは嗅覚が鋭い。

もし潜んでいるレッサーヴァンパイアなどがいたら気付いてくれるだろう。


水竜の集落の結界に異常がないことを確認すると、俺は王都に戻る。

いつものようにミルカが出迎えてくれた。

「ロックさん、おかえりだ！　今日も今から寝るのかい？」

「ああ、少し寝るかな」

「了解だぞ。それじゃ、昼頃起こせばいいかい？」

「頼む。ミルカも勉強頑張(がんば)れよ」

「わかった！　ありがとな！」

ミルカとルッチラは、午前中はフィリーの授業だ。

冒険に出ているので、授業を受けられないニアが少し心配だが、仕方ない。

「がうー」

ガルヴが急(せ)かすように、俺の手のひらを鼻先で突っついてきた。

「眠いのか。わかった」

俺はガルヴと一緒に、部屋に戻って少し眠った。

真夜中の襲撃のせいで、睡眠不足になりがちだ。

いざというときに、睡眠不足で力を発揮できないと困る。

ガルヴも子狼なので、睡眠は大切なのだ。


「ロックさん、お昼だよ」

頼んであった通り、ミルカが起こしにきてくれた。

あっという間だった。少ししか眠っていない気がする。

「ミルカ、ありがとう」

「がーーーぅ」

ガルヴがベッドの上で、思いっきり伸びをしていた。

「セルリスさんたちが、戻ってきたぞ」

「おお、そうか。急いでいこう」

「がう」

俺は急いで居間に向かう。

「ロックさん。ただいま」

「ただいまであります」

「ただいま帰りました」

セルリスとシアとニア、全員無事に帰ってきていた。

心底ほっとした。

「無事でよかった。魔道具はどうだった？」

「うん。おかげさまですごく快調だったわ！　ロードの魅了にも抵抗できたもの」

「それは素晴らしい」

フィリーも嬉しそうにうなずいた。

「まあ、フィリーとロックさんが作ったのだ。そのぐらいは当然だ」

フィリーの言葉を聞きながら、俺はセルリスたちの様子をじっくり観察する。

着ていた鎧は壊れていない。だが、相当に傷ついている。

かなり激しい戦いをこなしてきたのだろう。

どんな冒険をしてきたのか聞いてみたいところだ。

三人とも雰囲気が変わっているが、一番変わったのはニアだ。

「ニア、大きくなったか？」

「いえ？　変わっていないと思います」

「そうか。だとしたら随分と雰囲気が変わったな。激戦を潜り抜けたんだろう」

俺がそう言うと、ニアは照れる。

一方、セルリスは真剣な表情をしていた。

「それで、私たちが戻ってきたのには理由があるの」

セルリスは堂々として、やや胸を張って言った。

「もしかして、敵の本拠地を見つけたのか？」

「そうなの！　狼の獣人族の方々は本当にすごくて」

「セルリス。まだ、確定ではないでありますよ」

確定でなくとも、情報はあればあるほどありがたい。

「聞かせてくれ」

俺がそう言うと、セルリスはうなずいて語り始めた。

どうやら、水竜の集落を襲うレッサーヴァンパイアは毎回決まった方角から来るらしい。

それは貴重で重要な情報だ。

「その方角っていうのはどっちなんだ？」

水竜の集落は、メンディリバル王国の南端付近に位置している。

さらに南から、つまり他国の領土から来るのなら、面倒ごとが一気に増える。

特に、エリックが騎士を率いて向かうことは絶対できなくなる。

余程周到に交渉しないと、隣国に宣戦布告と取られてもおかしくないからだ。

「水竜の集落から西の方でありますよ」

「ふむ。それなら……王国内に敵の拠点がある可能性が高いな」

もしそうなら、攻め込むのに支障はない。

さらに詳しく語り始めようとしたセルリスを一旦止める。

「突っ込んだ話になりそうだから、エリックとゴラン、ドルゴたちも呼んだ方がいい」

「そ、そうね！」

セルリスは少し緊張したように見えた。

国王と尊敬する父の前で自分たちの活躍の成果を話すのだ。

緊張しても当然かもしれない。

「少し待っててくれ」

そう断ってから、俺は通話の腕輪でエリックたちに語りかけた。

「いま、時間は大丈夫か？」

『大丈夫であるぞー』

『大丈夫ですが、何かありましたか？』

ケーテとドルゴが真っ先に反応してくれた。

『私も大丈夫です』

水竜の侍従長モーリスも大丈夫らしい。

『暇ではねーが、……事情によっては駆けつけよう』

『こちらも同じだ』

ゴランとエリックはそう言ってくれた。

「セルリス、シア、ニアが帰ってきてな。水竜の集落を襲いに来るヴァンパイアが来ている方角を調べたとのことだ」

『それはすごいのである！』

ケーテは興奮気味に言った。

俺が簡単に説明すると、エリックも言う。

『確かに、貴重な情報だ。今後のことを話し合う必要があるな。とりあえず、向かおう。水竜の宮殿に行けばよいか？』

「頼む」

そして、話し合いの結果、一時間後に水竜の宮殿に集まることになった。

エリックもゴランも忙しいだろうに、調整してくれるようだ。

「セルリス、シア、ニア。俺たちも向かおう」

「はい！」

元気よく返事をするニアたちと一緒に、水竜の集落へと向かう。

集落ではいつものようにリーアが出迎えてくれた。

「ラックさん！　今朝ぶりね」

「ああ。リーアはちゃんとお昼寝したのか？」

「うん！」

夜の襲撃があると、リーアも起こされることになる。

リーアはまだ子供なので睡眠は大切だ。

「がうがーう」

ガルヴがはしゃいでまわりをぐるぐる回る。散歩に来たと勘違いしているのだろう。

走り始めたのでさすがに止めることにした。

「ガルヴ。今回は散歩しに来たんじゃないぞ」

「がう？」

足を止め、首だけこちらに向けて首をかしげるガルヴ。

目を輝かせて尻尾をものすごい勢いで振っている。

「仕方ないな……」

俺はリーアに言った。

「すまないが、少しガルヴを走らせてきていいか？」

「はい！　私も行きますね！」

「じゃあ、私も！」

リーアとニアがついてきてくれるようだ。

セルリスとシアには宮殿に先に行ってもらうことにした。

もしドルゴやエリックたちが来たら、先に説明を始めておいてもらうためだ。

俺は走りながら言う。

「ガルヴ、エリックたちが来るまでには戻らないと駄目なんだからな」

「がーうがう」

「そんなに遠くには行かないぞ？」

話を聞いているのかいないのか、ガルヴははしゃいで、かなりの速さで走っていった。

リーアも「わーいわーい」と言いながら、あとをついていく。

リーアの立派な尻尾が元気に動いていた。

一方、ニアは必死の形相だ。

「ニア、無理しなくていいぞ」

「大丈夫です！」

ガルヴは子供とはいえ霊獣の狼だ。足が速い。

ニアも狼の獣人、人族の子供の中では足はかなり速い方だ。

それでも、まだきついのだろう。

「ガルヴ、もう少しゆっくりな」

「がう！」

そうやってしばらく走って、宮殿に戻った。

その頃には、水竜が十頭ほどついてきていた。

水竜は俺たちが走っているると、

「あ、ラックさん！　どうしたんですか？」

とか言いながら追走してくるのだ。

「……はぁはぁはぁはぁはぁ」

「ニア、大丈夫か？」

「だ、大丈夫です！」

「がうー？」

息のあがったニアを当のガルヴが心配そうにぺろぺろ舐めていた。

「はい、お水なの」

リーアが水を持ってきてくれた。

「はぁ、はぁ、ありがとうございます」

「がふがふがふ」

ニアとガルヴは嬉しそうに水を飲む。

「はい、ラックさんも」

「ありがとう」

俺も水を飲む。水竜の集落で飲む水はいつもうまい。

「リーアは足が速いな」

「リーア、かけっこは得意なの！」

リーアの尻尾が嬉しそうに上下に揺れた。

「む？　リーア、かけっこしたのであるか？」

そこにケーテがやってきた。

「ケーテ、急に呼んで申し訳ない」

「構わないのである。今日は暇だったのだ」

「……そうか。ドルゴさんは？」

「父ちゃんも、すぐ来るのである」

「それなら、そろそろ宮殿に入った方がいいな」

宮殿の応接室に入ると、侍従長モーリスがお茶やお菓子を出してくれた。

それをありがたくいただいていると、エリックとゴランが到着した。

ドルゴもほぼ同時にやってきた。

「急に呼び出して申し訳ない」

「いや、どんな情報でも欲しいからな。早速詳しい話を聞かせてくれ」

エリックは真剣な表情でそう言った。

そこに侍従長モーリスが近隣地方の精巧な地図を持ってきてくれた。

水竜が作った地図だろう。

「ありがとうございます。説明しやすくなりました」

セルリスが丁寧に礼を言う。

「いえ、他にも入用なものがあれば、なんでもおっしゃってください」

それからセルリスとシアが、現状でわかっていることを丁寧に説明してくれた。

水竜の集落を襲うヴァンパイアは西の方角から来て西の方角へと帰っていく。

「それをもとに調査した結果、アジトの範囲はこの辺りだと考えられるのであります」

「これは私たちだけで見つけたわけではないの。狼獣人の戦士の方々の尽力のおかげ」

「いやいや、セルリスも活躍していたでありますよ」

「そうです！」

シアとニアにそう言われて、セルリスは少し照れていた。

狼の獣人族は徒歩十五分四方の範囲まで敵の本拠地を絞りこんでいるようだ。

「陛下にはこのあと正規のルートで報告が上がると思われるであります」

「そうだな。だが、恐らくその報告が俺のところに上がってくるまでには、まだ少し時間がかかるだろう」

「はい。なので私たちが伝令役を任されたであります」

エリックも狼の獣人族から情報はもらっている。

だが、人を複数介するので多少タイムラグが出るのは仕方のないことだ。

それを補うために今回シアたちが動いたのだろう。

地図を見ながらエリックが言う。

「この程度まで絞れたのなら……。総力を挙げて攻め込んだ方がいいかもしれないな」

「待ってほしいであります。この情報自体を陽動として利用される可能性もあるでありますよ」

シアが少し困ったような顔で言う。

「狼の獣人族が、よりによってヴァンパイアに騙されるということは、あまり考えにくいと思うのである」

狼の獣人族には、ヴァンパイアの魅了も幻術も通用しない。

だからケーテはそう思ったのだろう。

「ケーテさん。ありがとうであります。ですが、そうではありません」

「ふむ？」

「本拠地は、恐らく実際にそのあたりにあると思うでありますよ」

「なるほど。シアの言っている陽動とは、俺たちが討伐のために水竜の集落から離れたところを狙ってくる可能性があるということだな」

「ロックさんの言う通りであります」

本拠地の場所がばれてしまった。

移動するのが難しい。もしくは移動には多少時間がかかる。

敵の立場ならば、開き直った方が戦術的には正しいのかもしれない。

俺たちが昏き者どもの本拠地を攻めるとなれば、当然守りの方が手薄になる。

その隙を突けば、大きな被害を与えることができるだろう。

「水竜の集落の防衛をおろそかにはできないな」

水竜を生贄にささげて、呪いを溜めることができれば、昏き者どもは目的を果たせる。

邪神さえ呼び出せれば、本拠地などいくら壊滅させられようが構わない。

「……そうですね」

ドルゴが少しの間、考えた。

「いっそ転移魔法陣を持ち運びましょうか」

「そんなことが可能なのでありますか?」

「はい。持ち運べるものに、転移魔法陣を刻めば可能です」

ドルゴの言葉を聞いて、セルリスが言う。

「そういえばお皿に描かれた転移魔法陣を使って王宮の奥深くに侵入されたこともあったわね」

確かにあった。ゲルベルガさまの保護を求めて、王宮に行ったときの話だ。

メイドの持ってきたお皿に転移魔法陣が描かれていて、出てきた魔物に王女たちが襲われかけた。

「皿は割れることもあるので、違うものの方がよいでしょう」

「盾あたりがよいだろうか。だが、俺もゴランも普段は盾を使わないのが問題だ」

「そうだな。どちらかというと、エリックが適役じゃねーかな?　俺は大剣使いだからな」

「ふむ。そうかもしれないな」

最も重要な点は、転移魔法陣を敵に利用されないことだ。

盾を敵に奪われないためには強い者に持たせなければならない。

となると、エリックかゴランの二択になる。

「盾はエリックに持ってもらうとして、集落防衛班と本拠地襲撃班はどう分ける？」

「そうだな……。ロックは襲撃班だろう？」

「そのつもりだ」

チーム分けも重要だ。

襲撃があったとき、味方が戻るまで持ちこたえられる戦力が必要だ。

それだけなら水竜を中心に編成すればいいかもしれない。

だが問題は襲撃班だ。

主力が転移魔法陣を使って戻った際、その場に転移魔法陣の描かれた盾が残される。

その盾は絶対に死守しなければならない。魔物たちが追ってきてしまうからだ。

そういう意味でも、主力が去った後も、盾を守りつづける戦力が必要だ。

「うーん。俺とゴラン、エリック、それに……ドルゴさんは来てほしいかな？」

「がう」

「ガルヴは……」

少し悩む。ガルヴは結構強いのだ。

「がうがう！」

「まあ、一緒に行くか」

「がう！」

俺がそう言うと、ガルヴは勢いよく尻尾を振った。

「あたしも行かせてもらうでありますよ。狼の獣人族とのつなぎ役でもありますし」

「わ、私も……」

「ニアはさすがにお留守番であります」

「はい」

ニアはしょんぼりしていた。

だが、まだ子供なので仕方がない。

「ニアは優秀で才能ある冒険者だが、まだ新米だからな。今回はお留守番していなさい」

「わかりました。水竜の宮殿でお手伝いさせていただきます」

俺はニアには、王都の俺の屋敷でお留守番してもらうつもりだった。

だが、水竜の宮殿でも大丈夫かもしれない。

その時、セルリスが強い口調で言った。

「あの、私も同行させてください！」

「……」

俺は何も言わずにゴランを見た。

ゴランに判断を任せるべきだと思ったのだ。

ゴランは腕を組み、険しい顔をして目をつぶっていた。

しばらくゴランはそのままだった。セルリスの同行について考えているのだろう。

真剣に考えていることがわかっているので、皆何も言わない。

ただ、ガルヴだけが嬉しそうに俺の手をぺろぺろ舐めていた。

そして、ようやくゴランが目を開ける。

「ロック。エリック」

「なんだ？」

「足手まといになるが……いいか？」

「……俺は構わぬ。ゴランが決めろ」

「俺も構わない。セルリスの剣技は一人前だ」

「すまないな」

俺たちにそう言うと、ゴランは改めてセルリスを見た。

「はっきり言おう。俺はセルリスの力量が充分だとは思っていない」

「はい」

「それでも同行したいというなら覚悟を決めろ」

「はい！　覚悟はできています」

「ならば、ついてこい」

「ありがとうございます！」

セルリスの同行が決まったところで、俺はケーテに尋ねる。

「どうする？　ケーテは同行するか？　それとも防衛に残るか？」

「そうであるなー、悩みどころである」

そう言ってケーテはリーアと侍従長モーリス、ニアを見た。

「ううむ。集落への攻撃がどの程度の規模になるのか、そもそも果たして襲撃があるのかわからぬが……そちらはロックがおるから大丈夫であろうしな。万一のことを考えてこちらに残るのである」

「そうか。ケーテが残ってくれるなら、心強い」

「そうであろう、そうであろう」

俺の言葉にケーテは満足げにうなずいている。

リーアも嬉しそうな表情になった。

「ケーテ姉さまはリーアと一緒にいてくれるの？」

「そうであるぞー。ニアも一緒に遊ぶのである」

「はい」

ニアも笑顔だ。だがドルゴだけは複雑な表情をしていた。

遊ぶなと言いたいが、リーアとニアが嬉しそうだから困っているのだろう。

「風竜王陛下。節度と緊張感をお持ちください」

悩んだ結果、ドルゴは、ケーテを娘ではなく王としてたしなめることにしたようだ。

「わかっているのである。あとはガルヴも残ってほしいのだがなー」

「がう？　がう！」

だが、ガルヴは俺と一緒に来たいようだ。

両前足で、俺の右手をひしっとつかんでいる。

「ガルヴは俺と同行したいみたいだから」

「そうか。残念である」

俺はガルヴの前足を掴んだ。そしてじっと目を見る。

「ガルヴ。大丈夫か？　結構走るぞ？」

「がう」

「敵もいっぱい出ると思うが……」

「がう！」

そう言っても、ガルヴの決意は固そうだった。ならば連れていくまでだ。

それから俺たちは襲撃の準備に入った。

シアは狼の獣人族の族長たちに連絡して、攻撃の段取りを整える。

ドルゴとエリックは盾を選定して、それに転移魔法陣を刻む作業にとりかかった。

俺の屋敷からフィリーを呼んできて、一緒に作業している。

エリックが実際に盾を持ち上げる。

「少し重いですね……」

「ですが、これ以上小さくなると、転移魔法陣としての用途を果たすのが難しくなります」

魔法陣を刻む係のドルゴがそう言うのならそうなのだろう。

「なるほど……。それならば仕方ないですね。多少重くともなんとかなるでしょう」

「陛下、発言してもよろしいですか？」

フィリーが少し緊張した様子で口を開いた。

「フィリー。なんでも言ってくれ。それにここは公的な場でもないのだ。わざわざお伺いを立てなくてもよい」

「ありがとうございます。重さですが、素材を鋼から、オリハルコンとミスリルの合金にすれば……」

「確かにそれならば、軽さも強度も問題なかろうが……。今から買い付けるにしても、探すにしても時間がかかりすぎる」

「以前、試しに作った盾がございます。それを持ってまいりましょう。それでよろしければ……」

結局、盾はフィリーが昔作った試作品を利用することになった。

俺はリーアと侍従長モーリスとともに、集落の周囲を見て回る。

絶対はしゃいで疲れると思ったので、ガルヴにはお留守番をさせておいた。

「一応、侵入者を察知する魔法を強化しておきます」

「ありがとうございます」

「平時であれば、弱い魔獣などにいちいち反応するので面倒になるのですが……」

「今は有事ですからね。助かります」

「ただ、作動していない魔装機械の侵入の察知はできないのでご注意ください」

「はい。肝に銘じておきます」

それから俺は侵入者察知の魔法を強化して、それをリーアとモーリスの腕輪に連動させた。

「ラック、ありがとう」

「リーアも気を付けるんだぞ」

「はい！」

そうしてやれるだけのことをしてから俺たちは水竜の宮殿に戻った。

「おお、ラック。戻ったか」

「ああ。それが、転移魔法陣の盾か？」

「そうだ。なかなかよさそうだろう？　フィリーは鍛冶師としても才能があるようだ」

エリックはフィリーが作った盾を構えて、聖剣を素振りしている。

調子を確かめているのだろう。

装飾はないが、シンプルで実用的で美しい白銀色の盾だった。

盾の転移魔法陣とつなげる集落側の転移魔法陣は小さな小屋の中に設置した。

敵に利用された時の備えとして、そこも魔法でできる限り固めておく。

そのとき、シアが走ってきた。

「狼の獣人族から、追加の情報であります。敵の本拠地はこのあたりだろうと、陛下にお伝えしてほしいとのことであります」

シアはそう言って地図の一点を指さした。

「ほう?」

「ここは隠蔽(いんぺい)の魔法などでガチガチに固められているうえ、そのあたりからヴァンパイアどもが湧(わ)いてくるそうであります」

「なるほど。本拠地か、そうでなくとも、何かあるのは間違いあるまい。とりあえず、その場所を叩(たた)いてみてから考えるとしよう。獣人族に感謝を」

「ありがたきお言葉であります!」

シアはそう言うとすぐに通話の腕輪で誰かと連絡を取り始めた。

狼の獣人同士で連絡を取り合う通話の腕輪があるのだろう。

それを見ながら、俺は言う。

「それじゃ、急いで向かおう」

「私が竜の姿で、お送りしましょう」

敵が襲撃を予想していたとしても、対応に間に合わないほどドルゴは速い。

「それで行きましょう」

そういうことになった。

「ゴラン、よくセルリスの同行を許可したな」

水竜の宮殿から外に向かって歩きながら、俺は小声で言った。

セルリスに聞こえないように気を付ける。

「……迷惑だったか？」

「そんなことはない。セルリスの剣の腕は評価している。だが、親としては心配じゃないか？」

「もちろん心配だ。それでも、熟練冒険者になってから冒険に出るってのは不可能だ」

「まあ、それはそうだな」

ゴブリン退治や魔鼠退治で経験を積むというのもある。

だがゴブリン退治とヴァンパイア狩りはまったく違う。

いくらゴブリンや魔鼠を退治しようが、ヴァンパイア狩りにはあまり役に立たない。

「すまんがなるべく気にかけてやってくれないか」

「もちろん、できる限りのことはするさ」

「ありがたい……迷惑をかける」

それから俺はシアに声をかけた。

「シア、狼の獣人族同士で連絡をとれる通話の腕輪があるんだな」

もちろんあってもおかしくないが、以前は持っていなかったはずだ。

狼の獣人族とハイロードを討伐したときは、族長の一人が伝令として走ってきた。

「先日陛下に配っていただいたのであります」

「ああ、必要なことだからな。二十ほど配った」

エリックも色々と対策をしているらしい。

そうしてみんなで水竜の宮殿を出て、集落の結界、その門へと向かう。

そこではドルゴが巨大な竜の姿になって待っていてくれた。

俺に同行するのは、ドルゴの他に、エリック、ゴラン、シア、セルリス、ガルヴだ。

ドルゴの背に乗った俺たちを、ニアたちが見送ってくれる。

「がんばってください！」

「気を付けてほしいの」

「こっちは我に任せるのである」

リーアとケーテは竜の姿になっていた。

既に臨戦態勢ということだろう。

「では行きますよ」

「お願いします」

俺たちを乗せると、ドルゴは門から飛び立った。ものすごく速い。

シアとセルリスは顔を引きつらせていた。

ガルヴは俺にしっかりと体を寄せている。

あっという間に狼の獣人族が本拠地があると推定した場所の近くまで来た。

上空から眺めながら、ドルゴが言う。

「確かに、魔法の気配を感じますね」

「隠蔽の魔法でしょうね。狼の獣人族からの報告の通りです」

「ここはひとつ、ブレスでもかましたいところですが……」

「うーん。隠蔽だけでなく、魔法防御を重視した結界も張られているようです。ドルゴさんのブレスであっても大したダメージにはならないかもしれません」

「それなら、下に降りて物理で破壊した方がいいんじゃねーか?」

ゴランがそんなことを言う。

確かにそれが確実だ。

だが、それでは時間がかかって、奇襲の利点が薄れてしまう。

それに敵は地上からの物理攻撃に対する備えもしているだろう。

「俺に任せてくれ」

「ロックがそう言うなら、任せよう」

「ありがとう、エリック。シア、近くに狼の獣人族はいるか?」

「確認するであります」

「もし近くに張っているなら急いで離れるように言ってくれ。少し大きめの魔法を使う」

「わかったであります」

シアはすぐに通話の腕輪で族長たちと連絡を取ってくれた。

「大丈夫であります。今はかなり遠巻きに見張っている状態とのことでありますよ」

「それは助かる」

セルリスが不思議そうに言う。

「あそこには強力な魔法防御が施されているのでしょう？　いくらロックさんでも……」

「確かに魔法攻撃を素直にぶつけても、威力はかなり削がれてしまうだろうな」

セルリスにそう返しながら、俺はドルゴに話しかける。

「すみません。周囲を大きく旋回していただけませんか？」

「了解いたしました」

ドルゴはそう言うと上空をゆっくりと旋回してくれる。

俺はその背から巨大な結界、その要となる場所がどこかを探った。

巧妙に隠されていたが、大体の場所を把握することはできた。

「結界の核は全部で十二か所ですね。短時間に全部壊さないと修復する厄介なタイプです」

結界は広い。その外周を徒歩で回れば、それだけで一時間はかかるだろう。

もちろんドルゴの飛行なら一瞬で回れる。

だが、一つずつ壊して回るとなると時間がかかる。

ドルゴが困ったように言う。

「どうしましょうか。結界全体の破壊は諦めて、地上からこじ開けて侵入するしかないでしょうかね？」

「いや、ロックに任せましょう。ロック、頼んだ」

「周囲には人里もない。ロック。ガツンといっちゃってくれ」

エリックとゴランは、俺が結界を破壊できると、少しも疑っていないようだ。

「二人とも、簡単に言うなよ」

「無理なのか？」

「無理ではないが」

「そうか。そうだろう」

エリックはなぜか嬉しそうだ。

期待されているのならば、応えなければなるまい。

「さて……」

俺は隕石召喚の魔法を用意する。

同時に十二発。

結界の核、そのコアの上空に巨大な魔法陣を出現させた。

そして隕石を呼び出す。

出現した時点で隕石はすでに超高速だ。

隕石の下面は空気が圧縮されて、赤熱している。

結界の核は外周に等間隔にある。

だからかなり離れた場所にも同時に隕石召喚の魔法を発動しなければならない。

とても難しいが何とか頑張(がんば)った。

「なんとっ！」

ドルゴの驚く声が聞こえた。

俺の召喚した隕石は、言ってみれば、単なる灼熱(しゃくねつ)しているだけの巨大な岩だ。

だが、単純な質量攻撃こそ防ぎにくい。特に魔法防御重視の結界で防ぐのは無理だ。

俺はさらに隕石に重力魔法をかけて、加速させる。

——ゴガガガガァアア
すると隕石はそのまま地面へと衝突し、激しい衝撃波が発生した。

その衝撃は上空にいる俺たちにまで届いた。

「ご覧の通り、結界を破壊できました」

「……す、すさまじいですね」

ドルゴは息をのんでいた。

セルリスもあんぐりと口を開けていた。

「な、何が起きたのかしら？」

「隕石を落とした。質量攻撃は、魔法防御を高めても防げない。物理的な攻撃だからな」

隕石はただの灼熱している岩。それが落ちれば物理ダメージを与えられる。

魔法防御に特化した結界ならば簡単に壊せるのだ。

「そ、それはそうかもしれないけど」

「ラック。セルリスはな、巨大な隕石が同時に十二も召喚されたことに理解が追いついていねーんだよ」

ゴランはそう言って楽しそうに笑った。

セルリスは剣の技量は高いが冒険者としては初心者だ。魔法も見慣れていないのだろう。

「そうか。そのうち慣れる」

「ほ、ほんとに？」

セルリスはにわかに信じられないといった表情をしていた。

「もう少し突入を楽にしようか」

「ラック。頼んだ」

俺はエリックにうなずき返すと、未（いま）だ土煙（つちけむり）が立ち込める中に熱爆裂（エクスプロージョン）を叩（たた）き込（こ）む。

今度は全力を込めた熱爆裂だ。

高濃度の魔力を一瞬で熱に変換し、急激に膨張させるのだ。

――ドドオオオオオオオオオオオ
発生した衝撃波は隕石によって発生したものより強力だった。

隕石の衝撃でなぎ倒されていた木々が一瞬で燃え尽きる。

燃えることから免(まぬが)れた遠い位置にあった木々も衝撃波でなぎ倒されていく。

上空に浮かぶドルゴの身体も少し揺れた。

「今です。突っ込みましょう。アークヴァンパイアぐらいまでは全部退治できたと思います」

「……わ、わかりました」

すぐに、ゴランは娘のセルリスを小脇(こわき)に抱えた。俺もガルヴとシアを抱える。

ドルゴの急降下だ。油断すれば振り落とされる。

「ひぃぃい」

シアが小さな声で叫(さけ)ぶのが聞こえた。

さすがのシアも、尻尾(しっぽ)が股(また)に挟まっている。

「きゃぁぁぁぁううううう」

ガルヴは鳴き声を上げながら、尻尾を股に挟んで、プルプルしていた。

地面が近づくにつれ、隕石召喚と熱爆裂の戦果が見えてきた。

魔装機械の残骸(ざんがい)も見える。七十機ぐらいだろうか。

昏竜(イビルドラゴン)の死骸も見えた。

ヴァンパイアの死骸は見えない。

燃え尽きたのだと思いたいが、油断はできない。

そして、荒れ果てた大地の片隅に地下への入り口のようなものが見えた。

大きな声でエリックが言う。

「あの中に入るぞ。油断するな」

「「おう！」」

エリックの言葉に、ドルゴが地面直前で急停止する。

俺たちは即座にドルゴの背から飛び降りた。

周囲に俺たち以外に動くものはない。

そのまま地下への入り口に向かう。鍵（かぎ）がかかっていたが魔法で開ける。

同時に中に向けて火球（ファイアーボール）の魔法を連続で撃ち込んだ。

三発目を撃ち込んだとき、中からヴァンパイアが飛び出してきた。

炎に包まれているが、その肉体は燃えてはいない。

即座にエリックが斬（き）りかかる。ヴァンパイアはふわりと避（よ）けた。

避けたところにゴランの一撃。それもかわす。

ほぼ同時にヴァンパイアが火球を炸裂（さくれつ）させた。発動が速く、威力が高い。

咄嗟（とっさ）に俺は魔法障壁を張って、全員を守りながら叫ぶ。

「ただのハイロードじゃない！　気を付けろ」

「わかってる！」

ゴランとエリックがヴァンパイアと剣で斬り結ぶ。

驚いたことに、この二人相手にヴァンパイアは互角に渡り合っていた。

俺が魔法で援護しようとしたとき、周囲からわらわらとヴァンパイアが湧きだした。

隠された地下への入り口が他にも幾つかあったようだ。総数は百体近い。

「あれだけ薙ぎ払って、まだこれだけいるのか」

「魔装機械と昏竜がいないだけましであります！」

「ゴラン、エリック、そいつは任せる！　セルリス、シア、ガルヴ、雑魚は俺たちでつぶすぞ」

「わかったであります！」「わかったわ！」「がう！」

俺は魔神王の剣を抜いて、一番近いヴァンパイアを斬り飛ばす。

シアとセルリスもヴァンパイアを倒し始めた。

レッサーはいない。アークとロードの混成部隊だ。

俺の役目はエリック、ゴランを謎のヴァンパイアとの戦いに集中させることだ。

加えてセルリスたちの援護も重要だ。

「ガルヴ、俺から離れるなよ」

「がう！」

全体を見渡しながら、魔法を飛ばす。隙を見て剣で斬りかかる。

セルリスもシアも素晴らしい動きだ。ロード相手に見事に戦っている。

エリック、ゴランも戦いを優勢に進めている。

騒ぎに気付いたのか、昏竜が飛来した。それはドルゴが抑えてくれた。

俺は手を緩めない。魔法をばらまき、ヴァンパイアどもを討伐していく。

するとヴァンパイアと斬り結ぶゴランの真後ろにロードが出現した。

「そこぉ！」

ロードが出現すると同時に、セルリスの剣がきらめく。

霧になって移動してきたロードの首が現れた途端宙に飛んだ。予め動きを読んでいたようだ。

地面に落ちる寸前に、シアの剣がロードの頭を両断する。

「助かった！」

「気にしないで！」

ゴランの声は少し明るかった。セルリスもシアも成長が著しい。

そうして全員で力を合わせて、九割がたを討伐したとき、

『ロック、敵襲である！　救援が必要なのである‼』

通話の腕輪からケーテの声がした。余裕のなさそうな声だ。

「すぐに向かう。エリック！」

「ああ、こちらは任せろ！」

「俺たちもこいつを片付けたら、すぐに追いかける」

エリックが一瞬謎のヴァンパイアから距離をとった。追撃されかけたがゴランが防ぐ。

今度はゴランにロードが襲い掛かるが、それはセルリスが斬り倒す。

その隙に俺はエリックの盾に手を触れ、魔力を流し転移魔法陣を起動した。

そして素早く飛び込む。ガルヴもついてきた。

そうして俺たちは水竜の集落に到着し、魔法陣を設置してある小屋から飛び出した。

水竜の集落――その上空に浮かぶ昏竜が目に入った。

水竜の集落は危機に陥（おちい）っていた。

上空には昏竜（イビルドラゴン）が二十頭、地上には魔装機械が三十機並んでいる。

そこで水竜たちが激闘を繰り広げていた。

「ここまで侵入されてるってことは、結界を突破されたか？」

「がう！」

俺の後ろから襲いかかってきたアークヴァンパイアをガルヴがねじ伏せた。

「ガルヴ、助かった！」

そう言うと同時に、俺は氷槍（アイシクル・ランス）を連続で作り出す。

狙（ねら）いは上空の昏竜だ。合計五十本の氷槍を二十頭の昏竜に撃ち込んだ。

まともに食らった昏竜は致命傷を受けて地面に墜（お）ちた。

魔法障壁で防いだ昏竜も羽が凍（こお）り、大きく体勢を崩す。そこに水竜たちが殺到する。

一方、氷槍の発射と同時に俺は走り出した。

次の狙いは魔装機械だ。俺の通常の魔力弾（マジック・バレット）で倒すには二発いる。

より威力の高い魔法がいい。だが巻き込むのが怖いので範囲の広い魔法は使えない。

「……これが早いか」

邪神（じゃしん）の頭部からラーニングした暗黒光線（ダーク・レイ）を使うことにした。

周囲に黒い球を十個出現させる。ふわふわと浮かぶ黒い球から光線を撃ち込むのだ。

さすがは邪神の魔法。

暗黒光線は魔装機械の青い障壁を砕いて、装甲を突き破ると、内部で爆発(ばくはつ)した。

「よし」

まずは十機倒して、次の十機に狙いを定める。

その瞬間、魔装機械の障壁の色が黒に変わった。そこに暗黒光線がぶつかる。

「なっ！」

驚くことに、魔装機械の張る障壁によって、暗黒光線は完全に弾かれた。

魔装機械は色々な魔法障壁を使い分けられるらしい。

「ならば！」

俺は一気に近くの魔装機械との距離をつめると、魔神王の剣で斬り裂いた。

俺を目掛けて、魔装機械も攻撃を一斉に繰り出してくる。

眼にもとまらぬ速さの小さな金属の塊(かたまり)が何十、何百と飛んでくる。

――ガガガガガガガッガ
魔法障壁を三枚張って防ぐ。一枚目の障壁は砕かれたが、二枚目で止まった。

素早く移動しながら、魔装機械を斬り飛ばしていく。

ガルヴは俺の真後ろを走ってついてくる。なかなか速い。

正面の魔装機械を斬り飛ばし、右にいる魔装機械を下から魔法の槍(やり)で貫く。

すると、また障壁の色が変わる。今度は無色だ。

一機が魔法で破壊されると、残り全機がその属性を防ぐ障壁に変わるようだ。

前回戦った時にはなかった機能だ。進化しているのだろう。

水竜たちは水属性の魔法が得意だ。

だが、水の魔法で一機でも破壊すれば、もう水魔法が通じなくなる。

特に水竜に対して非常に有効な機能と言えるだろう。

「これは、苦戦しても仕方がない」

そして俺は大声を出す。

「みなさん！　魔装機械に対しても、水の魔法をどんどん使ってください！」

「で、ですが！　ラックさん。水の魔法はなぜか通用しなくて」

水竜の一体が叫んだ。効かなかったことを伝えようとしているのだろう。

「わかってます！　俺を信じてください！」

「っ！　わかりましたっ！」

俺の言葉に、水竜たちは再び一斉に水の魔法を使い始める。

水の魔法が常に通用するように、俺は水以外の魔法で魔法機械を破壊し続けなければならない。

魔法の槍、暗黒光線、雷撃(サンダーストライク)。交互に使っては倒していく。

魔神王の剣でも斬り裂いていく。

真横や後ろからヴァンパイアロードから何度も奇襲を受けた。

それはガルヴが防いでくれた。

「ガガゥ！」

ロードの首に嚙みつきねじ伏せ、完全に息の根を止めてくれるのだ。

「GYAAAAAAAAA」

羽が凍り地面に墜ちた昏竜が俺に向かって爪をふるう。

かわす間がない。咄嗟に剣で防いだ。

すると昏竜の真横からガルヴが首に嚙みついた。

「GYAAA！」

ガルヴの牙は昏竜にも効いているようだ。

動きの鈍った昏竜を魔法の槍で腹の下から背中に向けて貫いた。

断末魔の声を上げて、昏竜は動かなくなる。

ふと周りを見ると、ケーテもリーアも侍従長モーリスも竜の姿で、戦っていた。

モーリスは相変わらずの強さだ。

ケーテは風のブレスを使いにくいようだ。集落ごと破壊してしまう恐れがあるからだろう。

「ガラクタと雑魚竜ごときが！　風竜王を舐めすぎなのである！」

それでも爪で魔装機械を貫き、昏竜を牙でねじ伏せている。

昏竜のブレスも障壁と羽で防いでいた。当代の風竜王は伊達ではないようだ。

「危ないの！」

リーアもかなり強い。昏竜にねじ伏せられかけた水竜を助けている。

そして水の魔法。水刃（アクア・ブレード）が魔装機械を斬り裂いていく。

「甘いです！」

リーアの真後ろに現れたヴァンパイアロードをニアが斬り裂く。

ニアはリーアの羽と羽の間に乗って、その背中を守っていたらしい。

「ニア。ありがとう」

「いえ！　とんでもないです！」

活躍の場を得ることができて、ニアはとても嬉しそうだ。

「風の魔法の効きがいいのである！」

ケーテが楽しそうにつぶやいた。

ケーテの竜巻の刃（トルネードブレード）が魔装機械を上空へ跳（は）ね上げながら、斬り裂いていく。

周りが水の魔法を使いまくっているせいで、風の魔法が効きやすいのだろう。

俺も快調に魔装機械と昏竜を退治していく。

俺は特に大きな昏竜を目標にした。

魔法の槍と氷槍を連続で撃ち込みながら、距離を詰め剣で斬りかかる。

一方、昏竜も強力だ。魔法障壁と爪で俺の攻撃を防ぎきった。

そんな昏竜に今度は至近距離から魔法を撃ち込もうとした、その瞬間、

「うらあああ」

真後ろからヴァンパイアに襲われた。

すぐにガルヴが噛みついて防ぐ。一瞬で息の根を止めた。だが、それも囮。

別のヴァンパイアが俺の真横に出現すると同時に剣をふるってきた。

俺は咄嗟に障壁で防ぐ。あっさり砕かれた。後方に跳んで距離をとる。

浅いが剣で腹を斬られていた。直後、一瞬くらりとした。

俺の腹から流れる血を見て、

「ふっ」

ヴァンパイア、恐らくハイロードがにやりと笑う。

その剣には黒い液体が付着していた。恐らく毒だ。

時間がない。毒で動けなくなるまでに敵を殺しきるしかないだろう。

「敵は毒を使っている！　気を付けろ！」

全員に呼びかける。

「わかりました！」

水竜たちが返事をしてくれる。

そんな会話を隙だと思ったのだろう。

「死ねっ！」

ヴァンパイアハイロードが襲い掛かってきた。

大きな昏竜も息を合わせて攻撃してくる。

「いいコンビネーションだ。だが甘い」

俺は大きな昏竜とヴァンパイアにまとめて重力魔法をぶつける。

「ぐがっ！」

「GYAAAA……」

突進中のハイロードと昏竜は立っていられなくなり転倒した。

地面に転がり、抑えつけられる。

そこに魔法の槍をそれぞれ十本ずつ撃ち込んだ。昏竜の全身に魔法の槍が刺さった。

だが、ハイロードは跳びはねて避けた。俺の重力魔法を振り切ったのだ。

どうやらただのハイロードではなさそうだ。

エリックとゴランが戦っているのと同じ階級の者だろうか。

ハイロードはなおも毒のついた剣で襲いかかってくる。

俺は大きめに避けて間合いを広げる。

「ガルヴ、剣に毒が塗ってある。気を付けろ！」

「ガウガウ！」

ガルヴは俺の言葉を理解してくれた。少し距離をとり、油断なく姿勢を低くしている。

そうして左右に素早く移動しながら、隙をうかがっていた。

「劣等種族の人間風情(ふぜい)が！」

ハイロードがそんな叫びとともに、常人には目にもとまらぬ速さで突っ込んでくる。

俺との間合いが一気に縮まる。そして鋭い斬撃。

俺は紙一重でかわすと、そのままハイロードの首を左手で摑んだ。

「なっ、なぜ、動ける。毒を食らったはずだ」

「ああ、だいぶ動きが鈍くなってる。劣等種族だからな。毒ごときで体力が足りなくなるんだよ。すまないが、体力をもらうぞ」

そう言って俺はドレインタッチを発動した。

「ぎゃあああああああ」

ハイロードは絶叫を上げ、一気に老人のような容姿に変わっていく。

それでも逃げようというのだろう。剣を落とし、手の先から霧に変化しかける。

そこにガルヴが素早く突っ込む。ハイロードの胴体に嚙みついた。

「ひぎぎいいい」

ハイロードは聞いたことのないような絶叫を上げた。変化できなくなったのだ。

すでに霧になっていた部分は、俺がドレインタッチで吸収しておく。

そして、魔神王の剣で、ハイロードの首を斬り落とした。

魔神王の剣で斬り裂いても、生命力は吸収できる。

このようなとき、非常に便利だ。

「ラックさん、動かないでください。すぐに治癒魔法を……」

水竜の一頭が、慌てた様子で駆け寄ってきた。

「ありがとう。だが、大丈夫だ」

「いえ、決して大丈夫な顔色では……」

「いや。慣れてるから気にするな」

そう言って笑っておいた。

魔神との十年間の戦いの最中、何度も毒を食らっている。

対処法はいくらでもある。回復魔法をかけてもらうその時間さえ惜しい。

回復魔法が使えなくても、俺にはドレインタッチがあるのだ。

俺の体内に入った毒は強力なものだったらしい。確かに意識が少し朦朧とする。

だが、まだ敵はいる。休むわけにはいかない。

次に大きい昏竜に狙いを定めた。

俺は魔装機械に雷撃系の魔法を撃ち込みながら、昏竜に襲いかかる。

「GYAAAAA！」

昏竜は咆哮して魔法を撃つと、爪をふるう。

その腕を魔神王の剣で斬り落とし、直接触れて、ドレインタッチを発動した。

そうすることで、相手の力を奪うとともに、一気に体力を回復するのだ。

そうして、俺は毒で失った体力を回復しながら戦った。

その後、水竜やケーテの奮戦もあり、しばらくたってようやく魔装機械と昏竜の討伐が完了した。

「ラックさん、今度こそ止まってください！　解毒の魔法をかけさせてください」

「ありがとうございます」

「あの毒を受けて戦い続けられるとは……。竜以上の体力ですね」

水竜たちにも毒を受けた者がいたのだ。

竜の身であっても、動けなくなったらしい。

速やかに解毒しなければ、命が危ない。そんな毒だったようだ。

リーアが慌てた様子で駆けてくる。

「ラック、大丈夫？　毒に侵されてしまったの？」

リーアが竜の姿のまま心配してくれた。大きな鼻先を俺の顔にくっつける。

「大丈夫だよ。顔色の割に平気だ」

俺はリーアの顎の下を優しく撫でた。

「がーう……」

ガルヴも心配そうに俺の匂いを嗅いでいる。ガルヴのことも撫でておいた。

「ガルヴも心配してくれるのか。ありがとう」

そんなことをしていると、あっという間に楽になる。

「ありがとうございます。随分楽になりました」

「もう、大丈夫なのですか？」

「はい。さすがは水竜の魔法ですね」

そう褒めると、水竜は照れていた。

水竜は回復系の魔法が得意なようだ。解毒の効果が非常に高い。

回復魔法のエキスパートであるエリックの妻レフィを連れてきたら喜ぶかもしれない。

ふと、そんなことを思った。


その時、ケーテとニアが、かいがいしく働いているのが遠くに見えた。

ニアは戦闘が終わるとすぐに雑用に移ったようだ。働き者だ。

ニアの鎧はところどころ壊れ、額には包帯を巻いている。休んだ方がいいだろう。

「リーア。ニアを休ませてやってくれ」

「リーアもそう言ったのだけど……。シア姉さんは今も戦っているからって」

恐らくニアはまだ緊張しているに違いない。そして自分だけ休むのが怖いのだろう。

こういうときは身体を動かしている方が不安がまぎれるのだ。

「ニア！　こちらに来なさい」

「はい！」

ニアは元気に返事をすると、まっすぐこちらに駆けてくる。

俺が声をかけた瞬間、尻尾がゆっくりと揺れた。少しほっとしたのかもしれない。

「ニア。戦っているところを見せてもらった。著しく成長している。見事だ」

「ありがとうございます」

俺がニアの頭を撫でると、尻尾のゆれが激しくなる。

「今日はよく頑張ったな。しばらく休みなさい」

「えっ、で、でも……」

「襲撃が終わった直後は危ない。再度襲撃をかけられる恐れもある」

「はい。だからこそ備えを……」

「体力の回復も大切だ。再襲撃の際、誰も戦えなかったら困る。水竜の皆さんに比べて、ニアは小さく体力もない。一旦先に休ませてもらいなさい」

竜の姿のリーアは大きな手で、小さなニアの手を取った。

「そうよ。ニア。しばらく休んでほしいの」

「でも……」

「ニアはリーアの背中で休めばいいと思うの。そうして、いざ襲撃されたときに助けてくれたら嬉しいの」

「そういうことなら……」

さすがは王族。リーアは人を扱うのがうまい。

リーアは羽と羽の間にハンモックのようなものを取り付けると、そこにニアを乗せた。

リーアがゆっくり動いている間は、快適そうだ。

「さて、俺ももう一仕事しないとな。リーア。俺はエリックたちのところに戻る。後は頼む」

「わかったの。気を付けてね」

「お気を付けください」

「うん。リーアとニアも気を付けてな」

そして、俺は小屋に戻り、転移魔法陣を再起動すると、飛び込んだ。

「うおっ！」

眼前に迫る大剣。魔神王の剣で辛うじて防ぎ、魔法陣から出ると同時に敵を斬り裂く。


「もう、戻ったのか！」

エリックは魔法陣が刻まれた盾を、本来の用途通り盾として使っていたらしい。

エリックが敵の大剣を盾で防ごうとしたときに、俺が出てきたというわけだ。

「肝が冷えたぞ」

ガルヴを先に行かせなくて本当によかった。

今後、盾に魔法陣を刻むときは注意しなければなるまい。

「がうー」

続いてガルヴが恐る恐るといった様子で魔法陣から出てきた。

「エリック、首尾はどうだ？」

「なんとか親玉っぽいのを倒したところだ」

「俺とエリック二人がかりで、かなりてこずった。ただのハイロードじゃねーな」

とはいえ、ヴァンパイアどもの至高の君主でもないと思う。

なぜなら水竜の集落を襲った中にも同じぐらい強い者がいたからだ。

一方、シアとセルリスはアークヴァンパイアやヴァンパイアロードを倒していた。

ドルゴは上空を飛び回り昏竜をなぎ倒している。やはり強い。

俺も残っているヴァンパイアや昏竜に次々と魔法を撃ち込んでいった。

指揮官らしきハイロードの上位種は既にエリックたちによって討伐されている。

後は残党狩りのようなもの。しばらくかかったが、なんとか敵を一掃できた。

セルリスが緊張した様子で剣を構えたまま言う。

「……終わったの?」

「まだ、終わってない。地下がある。エリック、ゴラン。警戒しておいてくれ」

「わかった」「任せてくれ」

「あたしもついていくでありますよ」

「ガウ」

ガルヴとシアがついてきてくれるようだ。

俺たちはヴァンパイアのボスが出てきた入り口へと向かう。

「たくさんの入り口からヴァンパイアどもが這(は)い出てきてたよな」

「そうでありますね」

俺は地下に火球を三発撃ち込んでいる。

その後、ボスヴァンパイアと、大量の雑魚ヴァンパイアが湧(わ)き出した。

まだ雑魚が残っているかもしれない。

「エリック、ゴラン、セルリス。雑魚が這い出てきたら、対応を頼む」

「わかってる」

俺は魔法で地下に空気を送る。それから中へと入った。

「シア、ガルヴ、何か気付いたら教えてくれ」

「了解であります」

「がう」

地下に入ると、岩をくりぬいて部屋が作られていた。まるで洞窟のようだ。

ところどころ転がっている灰の塊をシアが調べてくれる。

「ヴァンパイアの死骸でありますね。火球で死んだでありますよ。あ、これは……ロードのものであります」

灰の中にある魔石でどのランクのヴァンパイアかわかるのだ。

特にロード以上になると、メダルがあるので簡単にわかる。

俺たちは魔石とメダルを回収しながら歩いていく。

地下の構造は単純だった。蟻の巣のように通路が所々で膨らみ、小部屋のようになっていた。

扉はあるが、火球を食らったせいで溶解していた。

そして、地上への出口が至るところにあった。

「生き残りはいないな」

「恐らく、さっきのやつらはみんな火球から必死に逃げだしたんでありますよ」

扉が溶けだしたので、慌てて這い出てきたのかもしれない。

「やはり地下に火球を撃ち込むのは効果的だな」

「ただの火球ならこれほどではないでありますよ。ロックさんの火球は、並の火球ではないでありますからなー」

洞窟の最奥には焼け焦げたアイテムがたくさんあった。

「これは何でありますかね？」

「ふむ。昏き神の結界の発生装置に似ている気もしなくはないな」

「確かに……」「がうー」

それはシアと一緒に退治したヴァンパイアハイロードが使ってきた魔道具に似ていた。

他にも半分溶けた邪神の像らしきものも見つかった。

「火球を放りこまれることなど想定していなかったようだな」

呪具などを破壊されそうだったから、飛び出してきた連中もいたのだろう。

「火球は想定していたと思うでありますが……」

シアは溶け落ちた扉を指さす。

「恐らくロックさんの火球の威力を想定していなかったでありますよ」

一応、耐火のために金属の扉を用意していたようだ。だがすぐに溶けてしまった。

それは昏き者どもにとって、想定外だったのかもしれない。

邪神の像らしきものや魔道具の残骸などを回収して、俺たちは地下から出た。

第十章

地上に出ると、いつの間にか大勢の狼の獣人族が集まっていた。

総勢百名近い。

ゴランもそこで狼の獣人たちと後始末について相談していた。

狼の獣人族たちは周囲の敵を掃討したあと駆けつけてくれたとのことだ。

俺は結界を隕石召喚で破壊した。

そして、その中をエリックたちと一緒に掃討した。

だが、奇襲という特性上、その周囲は手つかずだった。

エリックが言う。

「相手の本拠地だからな。当然周囲にも昏き者どもが多くいる。その掃討を頼んでいたんだ」

「周囲にはどの程度のやつらがいたんだ？」

「昏竜十頭と魔装機械二機。それにロードに率いられたヴァンパイア総勢七十匹ぐらいか」

「それは……結構な戦力だな」

特に昏竜がやばい。魔装機械も大概だ。

加えてヴァンパイアも七十匹いれば、大変なことだ。

その時、ダントン・ウルコットが駆け寄ってくるのが目に入った。

ダントンはシアとニアの父親だ。

「ダントン。怪我は大丈夫なのか？」

「ああ、もう大丈夫だ」

「本当はまだ、完治してないでありますよ。それなのに今日も無理して……」

「娘が頑張っているのに、父親が体を張らないわけにはいかないだろう」

ダントンは相変わらず無理をしているらしい。少し不安になった。

「それにしても、狼の獣人族は強いな」

「そう言ってくれると嬉しいが……。昏竜がこっちに来るのを防げなかったからな」

確かに周囲の敵が本拠地の防衛に向かうのを防ぐことも狼の獣人族の役割だった。だが。

「昏竜は飛ぶから仕方がない。魔装機械とヴァンパイアどもを防いでくれただけで大助かりだ」

「そうだ。とても助かった」

「陛下にそう言って頂けて、光栄の至りです」

そしてダントンは娘のシアに言う。

「ちゃんとロックさんたちのお役に立ったか？」

「そのつもりであります」

「シアには相変わらず活躍してもらってる」

「ロックにもそう言ってもらえると嬉しい。ところで……ニアはどこに？」

「ニアは、水竜の王太女殿下の護衛だ」

「なんと……。ニアに務まるのだろうか」

「戦いの途中、水竜の集落に戻ったときに見たが、立派に役割を果たしていた」

「なんと……」

「あれほど強く成長しているとは……正直俺も思わなかった」

そう言うと、ダントンは嬉しそうに笑っていた。

そんなことを話していると、狼の獣人族の族長の中でも年長の者がやってくる。

そうして俺のすぐ近くにいたエリックに頭を下げた。

「陛下。敵の本拠地を隕石で結界ごと破壊するとは……。度肝(どぎも)を抜かれました」

「そうであろう」

エリックは少し得意げだ。

「魔導士の方が何とかされるとは思っていたのですが、てっきり結界をこじ開けるものだと」

年長の族長は周囲をちらりと見まわした。そしてドルゴを見る。

「あの魔法はドルゴ陛下が発動されたものなのですか？」

ドルゴは狼の獣人族と面識があるようだ。

ともに周辺を掃討したのでそのときに自己紹介を済ませたのだろう。

「いえ。私ではないんです」

「そうでしたか。あれほどの大魔法、竜族の——それも王族の方でもなければと思ったのですが……」

「たとえ竜の王族でも、あれほどの大魔法はなかなか……」

そう言って、ドルゴは笑う。

次に年長の族長は俺の方を見た。

「もしや、あなたさまがあの隕石召喚を？」

ドルゴが否定したら、もはや消去法で俺しかいない。

狼の獣人族以外で、この場にいるのはエリック、ゴラン、セルリス、ドルゴだけだ。

ガルヴもいるが、隕石召喚は使えそうもない。

エリックもゴランも魔導士でないことは知られている。

セルリスも最近狼の獣人族と同行していた。戦士であることは知られているはずだ。

それゆえ、ドルゴでないならば、隕石召喚の使い手は俺ということになる。

シアとダントンは心配そうに、こっちを見ていた。

俺の正体がばれないか気にしてくれているのだろう。

「はい、その通りです。衝撃波で狼の獣人族の方々にご迷惑をかけていなければよいのですが……」

「とんでもございません。隕石召喚のおかげで、我らの仕事もずっと楽になりました。被害は相当抑えられたでしょう」

「そう言って頂けると……」

「ゆっくり地上から結界をこじ開けて侵入などとやっていれば、奇襲の優位性が失われてしまいます。敵に態勢を整える猶予を与えてしまいますし」

俺と年長の族長が話している間に、さらに族長たち十人が集まってくる。

そこで、年長の族長は改めて頭を下げた。

「ありがとうございます。我らが命を懸けて収集した本拠地の情報を十二分に活かしていただけました」

「いいえ、そもそも襲撃が成立したのは狼の獣人族の方々のおかげですから」

エリックが言う。

「まったくである。大魔法も本拠地の場所を知らなければ活かしようがない」

族長の中でも若い一人が恐る恐るといった感じで言う。

「人違いであれば、申し訳ありませぬ。ひょっとしてあなたさまは大賢者にして、我々の救世主、偉大なる最高魔導士ラックさまではないでしょうか？」

その発言に、狼の獣人族の族長たちはざわっとした。

「えっと……」

俺は少し悩んだ。

エリックを見る。エリックは目で任せると言っていた。

ちょっとエリックたちと親しく話しすぎたかもしれない。

いや、そもそも隕石を十二個同時召喚というのが派手すぎた。

恐らく若い族長以外の族長たちも俺がラックだと推測していたに違いない。

今までただ口にしなかっただけだ。

「皆さんを信頼してお話しますが……。じつは俺がラックです」

「やはり！」

シアの父ダントン以外の狼の獣人族の族長たちは感動していた。

「一応、機密なので……。この場にいるともに戦った戦士の皆さん以外には内密でお願いします」

一瞬言うべきか迷ったが、ともに戦った仲間は信用したい。

「わかっております！　大騒ぎになりますからね」

狼の獣人族の族長たちはうんうんとうなずいていた。

「偉大なる英雄ラックさまとともに戦えたこと、一族の誇りです」

そんな族長たちに申し訳なさそうにエリックが言う。

「皆の者、隠していてすまなかった。信用していないわけではなかったのだ。ただ、機密ゆえな……」

「いえ。陛下、当然のことでございます」

どうやら隠していたことで気分を害してはいないらしい。ありがたい。

そのとき、エリックの盾が輝き始めた。

「おっと……」

「……もう、掃討は終わったのであるか？」

そして盾の転移魔法陣から、人の姿のケーテが出てきた。

「顔を出す前に通話の腕輪で連絡してくれ。激戦の真っただ中、まさに盾で攻撃を受け止めている最中かもしれないだろう？」

実際、先程俺はいきなり攻撃を食らいかけた。

戦闘に使う盾に描かれた魔法陣から、急に顔を出すのは危ないのだ。

「確かにそうであるな！」

慌てて、ケーテは顔を引っ込めると、

『そっちはもう終わったのであるか？』

通話で連絡してきた。

「今更、通話の腕輪を使っても、もう遅い。……そっちは無事か？」

連絡がなかったのだから大丈夫。そうわかっていても一応尋ねる。

『やっと後片付けも終わって、結界の点検も終わったところである。少し待つがよい』

そう言うと、ケーテはすぐにリーアとニアを連れて出てきた。リーアも人の姿だ。

一連の流れに驚いている族長たちを気にせず、ケーテは大きな声で全員に呼びかける。

「皆、大儀であるぞ！　我は風竜王ケーテ・セレスティスである！　同胞である水竜族のための尽力、まことに感謝である」

突然の王の名乗りに、狼の獣人族がひざをつく。

「こちらが、水竜の王太女リーア・イヌンダシオ殿下である」

「みなさま。我らが水竜のためにありがとうございます。狼の獣人族の方々には百万の感謝を」

リーアは防衛に手を貸してくれた狼の獣人族に直接お礼を言いにきたのだろう。

「もったいなきお言葉、光栄に存じます」

年長に見える狼の獣人族の族長が代表して返答した。

「本来であれば、正式なる場所で狼の獣人の方々の労に報いたいところなのですが……。竜族と王国の友好関係は機密なのです」

「理解しております」

年長の族長がひざまずいたまま返答した。

「ですが、公にせずとも水竜族の狼の獣人族への感謝は真実です。この先もしなにかがあれば、水竜族はいつでも狼の獣人族に力を貸すことをお約束いたしましょう」

「ありがたきお言葉」

後日王宮で行われるであろう論功行賞。その場にリーアは出席できない。

だからこそここに来たのだ。この場なら人目を気にしなくてもよい。

リーアは一人一人に感謝の言葉を述べつつ、族長たちに短剣を手渡していく。

水竜の魔力を込めた魔法の短剣だ。青い刃がとても綺麗だった。

「水竜族と狼の獣人族との友好の証としてお受け取りください」

「ありがとうございます。一族の宝にいたします」

売れば屋敷が買える以上の価値がありそうだ。もちろん誰も売るつもりはないだろうが。

「ロックにも受け取ってほしいの」

「ありがたいが、俺個人がもらっては他の者たちが不公平だと感じるだろう」

族長たちは一族としてもらっている。個人としてもらうのとは少し違う。

「何をおっしゃいますか。ラックどのがいなければ……」

たが、当の族長たちの反応は想像していたのと真逆だった。

リーアも改めて言う。

「受け取ってほしいの」

「ありがとう」

結局、俺はリーアに礼を言うと、短剣を受けとった。

青くて美しい少し長めの刃を持つ短剣だ。美術品にも見えるが装飾はシンプルだ。

美しいだけでなく、実用にも耐えうるものなのだろう。

しかも水竜の清浄なる魔法がかけられている。昏き者どもには特に効果が高そうだ。

リーアはシア、ニア、セルリスには指輪を手渡す。

「これは水竜の王太女ではなくて、個人的なお礼なの」

「ありがとうであります」

「よいのですか?」

「嬉しいわ」

「わたしも。だってみんなお友達だから」

そう言って、リーアはにこっと笑った。

改めてエリックが狼の獣人族たちに言う。

「大儀であった。だが、これで終わりではないぞ。朕からの褒賞もある。明後日、王宮に集うがよい」

「ははっ！　後始末などはお任せください」

そう言う狼の獣人族にうなずくと、エリックはひときわ大きな声で言った。

「みなの力で勝ち取った勝利だ！　昏き者どもの陰謀は打ち砕かれた！　誇るがよい！」

「「「わんわーん！」」」

「がうがーう！」

シアたち狼の獣人族が一斉に勝どきの声を上げる横で、ガルヴも嬉しそうに吠えていた。

◇

狼の獣人族が勝どきを上げていた頃。

とある場所で一匹のヴァンパイアが玉座に座り、ハイロードたちを見下ろしていた。

「まさかこれだけ準備しておいて失敗するとはな――」

「……申し訳ございません」

ハイロードたちは声を震わせ、平伏している。

ヴァンパイアはハイロードたちにひとかけらの興味もないようだ。

視線を一瞬だけ向けると、玉座から立ち上がる。

「……犬どもが邪魔だな」

ヴァンパイアのいう犬とは狼の獣人族のことだ。

「はい。やつらには魅了が効かず――」

言い訳を始めたハイロードが一瞬で燃え上がり灰となる。

「口を開くな」

「――ッ!」

ハイロードたちは恐懼し、口を閉じて頭を地面にこすりつける。

「まあよい。いくらでも手はある」

「…………」

「策を授ける。汚らわしい犬どもを皆殺しにしてこい」

「「御意ッ!」」

ハイロードたちの返事を聞いて、ヴァンパイアは満足げにうなずいた。

書き下ろし短編　ルッチラとお風呂

ルッチラが女だとラックたちにばれた日の夜。

女性陣はみんなでお風呂に入ることになった。

一緒に入るのはルッチラの他に、ケーテ、ミルカ、シア、ニア、セルリス、フィリーだ。


脱衣所に入ると、シアが言う。

「ルッチラと一緒にお風呂に入るのは、初めてでありますね」

「そうですね！」

シアとニアの姉妹は尻尾を元気に振っていた。

狼の獣人族である二人は、とても鼻がいい。

それゆえ出会った時からルッチラが女だと知ってはいたのだ。

「そもそも、ルッチラは全然お風呂入ってなかったんだぞ！」

ミルカがそう言うと、ルッチラは恥ずかしそうにする。

「面目ないです」

「ふむ？　風呂に入っていないのに、臭わないのだな」

フィリーがクンクンとルッチラに近づいて匂いをかぐ。

「せ、先生、恥ずかしいのでやめてください」

「おお、それは、すまぬ。だがどうやって臭いをごまかしていたのだ？」

「毎日お湯で身体を拭いていました。髪の毛もこっそり人がいない時を見計らって……」

ルッチラの風呂に入れなかった頃の苦労話をふんふんと皆で聞く。

「それは大変であったのだなー」

ケーテは全裸で堂々と腰に手を当てて話を聞いていた。

「……ケーテさん、脱ぐの早いですね」

「うむ？　普通だが？　ニアは脱がぬのか？　風呂であるぞ？」

ケーテは風竜王。高貴な人、いや竜である。

人族でも高貴な者ほど、人に裸を見せることに慣れていて恥ずかしがることが少ない。

竜もそれは同じらしい。

「そ、そうですね。お風呂ですもんね」

ケーテが正論を言うので、ニアも服を脱ぎ始めた。

それを見て皆も服を脱ぐ。……ルッチラを除いて。

「ルッチラは脱がないの？」

セルリスが心配そうに尋ねる。

「ぬ、脱ぎます。けど……」

「けど？」

「なんだか恥ずかしくて……」

ルッチラは女性にも男性にも、今までかたくなに裸を見せてこなかった。

だから、いざ服を脱ぐとなると、恥ずかしくなってしまったのだろう。

「気持ちはわかるでありますよー。今まで人前で脱いでこなかったでありますからねー」

「なるほど。そういうものなのね。大きなタオルで隠す？　私が持っておくわよ？」

「いえ、大丈夫です！　セルリスさんありがとうございます」

意を決してルッチラは服を脱いでいく。

ルッチラが恥ずかしがっていたので、皆も配慮した。

意識して視線を向けないようにした。

「……なんだか、私も恥ずかしくなってきたわ」

セルリスがそんなことを言うと、シアが尻尾を大きく揺らす。

「セルリス、変なこと言ってはダメでありますよ。あたしまで恥ずかしくなるであります」

「よくわからないな。女同士で何を恥ずかしがることがある」

侯爵令嬢であるフィリーも、他人に裸を見られることには慣れている。

衣服の着脱から、入浴の世話まで使用人がやってくれるのが当然。

それが大貴族の生活である。

「それは、確かにフィリーの言う通りなのだけど……」

「セルリス。そなたも貴族の令嬢ではないか？」

セルリスの父ゴランも、母もかなり高位の貴族である。

「そうだけど、パパの方針で……だいたい自分でしてたから」

「ほう。上流貴族としては珍しいな」

「パパは元々それほど身分が高くなかったもの」

それもあってか、自分のことは自分でしろというのがゴランの教育方針だった。

セルリスの母は生まれつきの上級貴族だが、ゴランの教育方針には賛成した。

だから、セルリスは料理も作れるし、一人でもお風呂に入れるのだ。

セルリスとフィリーがそんなことを話しているうちに、ルッチラが服を脱ぎ終わる。

「お、お待たせしました」

ルッチラは小さめのタオルで申し訳程度に身体を隠している。

恥ずかしさのためか、顔や耳どころか、全身真っ赤だ。

「おう、それではさっそく皆で入ろうではないか」

そう言うケーテが先頭になって、浴場へと向かう。


ラック邸の浴場は広い。

洗い場も大人数で使えるよう改造してある。

七人ぐらいなら同時に使えるようになっているのだ。

浴場に入ると同時に、ケーテが大きな声で言った。

「ルッチラ！　背中を流してやるのだ！　さあ、座るがよい！」

「い、いえ、そんな！　ケーテさんにそんなことさせるわけには」

「気にするでない。いいから座るがよい」

ケーテは若干強引にルッチラを椅子に座らせると。

そのまま頭の上から、豪快にお湯をかけた。

「まずは、髪から洗ってやるのである！」

背中を流すと言っていたのに、ケーテはルッチラの頭に石鹸をつけた。

そしてワシワシと洗い始める。

お湯をかけるまでは豪快だったが、洗う手つきはとても優しい。

「かゆいところはないかー？」

「はい、大丈夫です」

「痛かったら言うのだぞ！」

「はい、気持ちいいです。ありがとうございます」

「うむうむ」

自分の身体を洗いながら、その様子を見ていたセルリスが驚く。

「ケーテさん、髪洗うの上手なのね」

「そうでありますね。意外であります」

シアは妹のニアの頭を洗ってやっていた。

シアがニアの頭を洗う手つきと同じぐらい、ケーテの手つきは慣れていた。

「そうであろうそうであろう」

「ケーテさん、うまいんだなー」

フィリーの頭を洗いながら、ミルカも言う。

「そ、そうなのか？　うまいのか？　ちょっと見てみたい気もするが」

目をしっかりつぶっているフィリーも気になるようだ。

「フィリー先生、動いたらだめだよ。目を開けたら泡が入るよ！」

「す、すまぬ」

「それよりフィリー先生の髪は柔らかいなー。洗いがいがあるぞー」

「本当か？　ミルカの髪も綺麗だろう」

「おれの髪はボサボサだよー」

「そんなことないわよ。最近特に綺麗になったわ」

「そ、そうかい？　先生とセルリスねーさんに褒めてもらえると嬉しいな」

そんなことを言いながら、わいわいとみんなで身体を洗う。

そうしている間に、ケーテはルッチラの髪を洗い終わった。

「ケーテさん、ありがとうございます」

「うむ。だが、髪は洗ったが、角がまだなのである」

「いえ、さすがに角は自分で……」

「遠慮するでない！」

そう言うと、ケーテは今度はルッチラの角を丁寧に洗い始めた。

「ひぅ！」

「くすぐったいのか？　少し我慢するがよいぞ」

「は、はい」

「角も汚れがたまりやすいのである！」

形状は違うが、ケーテもルッチラと同じく角を持っている。

「ルッチラはいつもどうやって角を磨いておるのだ？」

「えっと、普通にたまに布で拭くぐらいで……」

「それだけであるか？　それはあまりよくないのである」

ケーテは角のケア方法をルッチラに教える。

それを横で聞いていたセルリスが尋ねた。

「角って神経は通っているのかしら？」

「一応……。でも先の方には通ってないです」

「そうなのね。伸びたりするの？」

「はい。ゆっくり伸びています」

そんなことをルッチラとセルリスが会話していると、

「さて、やっと背中流しに入るのである！」

ケーテがようやくルッチラの背中を流し始める。

「あ、ありがとうございます。何から何まで……」

「気にするでないのだ！　しかし、ルッチラは細いな」

ケーテがそう言うと、ミルカに背中を流してもらっていたフィリーがルッチラの方を見た。

「ルッチラはもっと食べた方がいい」

「フィリー先生も瘦せていると思うぞ！　食べるべきだよ」

「フィリーはよいのだ」

「えー。食べないと胸も育たないよー」

「なっ！　胸はよいではないか、胸は」

そう言って慌てるフィリーの方をケーテはじっと見た。

「うむ。フィリーも食べた方がよいのだ」

「そうだろうか」

「しかし、ルッチラは細いわりに胸は大きいのだな」

「そ、そんなことは……ないと思いますけど……」

「それで男と言い張るのは無理があるだろう」

「意外と大丈夫でした」

「ふむ？　どうやってごまかしていたのであるか？」

「えっと、さらしを巻いて……」

「それは発育によくないな！　以後やめるべきである」

「そ、そうでしょうか」

「うむ！　そうすべきである！」

力強くケーテは宣言した。


そのおかげもあり、次の日から、ルッチラの胸囲は大きくなったのだった。

あとがき

四巻を手に取っていただきありがとうございます。えぞぎんぎつねです。

おかげさまでついに四巻まで来ました。


えぞぎんぎつねの著作としては十冊目となります。ありがとうございます。


三巻ではドラゴンのケーテが登場しました。

そして四巻では、ドラゴンのリーアが登場します。

特に深く考えていませんでしたが、私はドラゴン娘が好きなようです。

このあとがきを書いていて、初めて気付きました。


先月、ついにコミカライズの二巻が発売になりました。

相変わらずとてもいい出来のコミックスです。

原作読者の皆様ならば、必ず楽しめると思います！

コミカライズ作者の阿倍野（あべの）ちゃこ先生の作画も、天王寺（てんのうじ）きつね先生のネーム構成も素晴らしいです。

是非是非よろしくお願いいたします。


ところで、十二月には「八歳から始まる神々の使徒の転生生活」の一巻が発売になりました。

最強の老賢者が、死後神の世界で修業して、さらに強くなって百年後に戻ってくるというお話です。

なので、主人公は八歳なのに、とても強いです。

そちらもどうぞよろしくお願いいたします。


最後になりましたが謝辞を。


イラストレーターのＤｅｅＣＨＡ先生。いつも大変素晴らしいイラストをありがとうございます。

四巻のリーアはとてもかわいいです。ルッチラもかわいいです！

担当編集さまをはじめ編集部の皆様、営業部等の皆様、ありがとうございます。

本を販売してくれている書店の皆様もありがとうございます。

小説仲間の皆様、同期の方々。ありがとうございます。


そして、何より読者の皆様。ありがとうございます。

令和元年十二月　えぞぎんぎつね

GAノベル

ここは俺に任せて先に行けと言ってから10年がたったら伝説になっていた。4

2020年1月31日　初版第一刷発行
2020年11月30日　第二刷発行

著者　えぞぎんぎつね

発行人　小川 淳

発行所　SBクリエイティブ株式会社
〒106-0032　東京都港区六本木2-4-5
03-5549-1201　03-5549-1167(編集)

装丁　伸童舎

印刷・製本　中央精版印刷株式会社

ISBN978-4-8156-0290-1
Printed in Japan

ファンレター、作品のご感想をお待ちしております。

〒106-0032　東京都港区六本木 2-4-5
SBクリエイティブ株式会社
GA文庫編集部 気付

「えぞぎんぎつね先生」係
「DeeCHA 先生」係

本書に関するご意見・ご感想は
下のQRコードよりお寄せください。
※アクセスの際に発生する通信費等はご負担ください。

https://ga.sbcr.jp/

試読版は
こちら!

試読版は
こちら!